Collection dirigée par Jacques Chevrier

Espérance, et autres nouvelles du génocide rwandais

Emmanuel Goujon

HATIER INTERNATIONAL

ISBN 2-7473 0277-6

À mes amis,
à ma famille,
souvent mêlés de par le monde.

« J'admets que j'en suis un, mais un aventurier d'une espèce différente ; de ceux qui risquent leur peau pour prouver que ce qu'ils croient est vrai .»

Ernesto Che Guevara

« De même, ceux qui voulaient mener le peuple disaient : "Dieu nous a envoyé vers vous afin de proclamer la vérité", et le peuple les a crus. Ceux qui vinrent après eux acceptèrent sans questions la foi de leurs pères ; ils ajoutèrent même, preuve de leur foi, des histoires de merveilles et d'augures. En fait ils dirent : "Dieu a accompli ces choses", et ainsi ils firent de Dieu un témoin du mensonge et un complice des menteurs. »

Zara Yaqob, philosophe éthiopien du XVIIIe siècle

Sommaire

Pour quelques larmes

Sur la piste sablonneuse deux petites silhouettes trottinent en se tenant la main. Le chemin rouge de latérite serpente entre les arbres ; d'un côté un fossé laisse couler l'eau tombée du ciel la nuit précédente, de l'autre il n'y a que les bois, des arbres touffus que leurs feuilles teintent de bleu. Le soleil à son zénith fait perler sur le nez des gouttelettes de sueur et accentue le parfum de la terre humide exhalant elle aussi sa part d'humidité. En contrebas, des champs de patates et de haricots passent successivement dans l'ombre à la faveur des nuages qui surplombent les collines. Quelques formes courbées travaillent là, sans bruit, fichu sur le crâne et regard morne, avec pour seul horizon la pente abrupte d'un millier de monticules.

En avant, le chemin fait une courbe sévère comme s'il disparaissait vers nulle part, comme s'il conduisait seulement à un mur d'herbe et de caillasse. Derrière on voit un village avec ses maisons aux toits de tuiles et ses murs sablés. La pluie a raviné les murailles de terre laissant des traces rougeâtres sur le sol. Une fumée épaisse s'élève du petit lotissement d'où ne s'échappe aucune rumeur. Seule une odeur bien humaine de merde et de sueur se mêle au feu, produisant un fumet écœurant que semble fuir une ombre sur la route, à petits pas précipités.

À un moment, les courtes jambes fatiguées s'arrêtent. Deux visages d'enfants, éclairés d'un timide rayon de soleil se frayant le passage à travers la futaie, brillent et parlent.

– Tu ne dois pas pleurer, dit la petite fille. Tu ne dois pas avoir peur, on se promène, c'est tout. Je suis avec toi tu vois bien, alors n'aie pas peur. On va juste chercher les vaches et on rentre.

– Mais on n'a plus de maison. Pourquoi tu mens ? Je sais bien qu'on ne rentrera plus et ce qui me fait peur, c'est où on va, chuchote le garçonnet entre deux sanglots.

– Ne parle pas comme ça, ordonne la gamine en mouchant son compagnon, on rentrera, on retrouvera des parents. Tu te rappelles Tonton Wenceslas, celui qui travaille pour les Muzungu à Kigali, il nous attend.

– Qui ça ? Tonton Wenceslas c'est pas mon tonton. Et puis toi t'es même pas ma sœur. Ma sœur ils l'ont tuée, je l'ai entendue crier quand l'homme à la machette l'a emmenée derrière la maison. Il l'a frappée, j'ai entendu les coups, deux fois. Après elle pleurait en disant non, je ne veux pas, je ne veux pas...

– Ne raconte pas ça, tu as rêvé. Tu ne te souviens pas que ton père nous a envoyé chercher les vaches. Il a dit allez les chercher dans le bosquet bleu.

– Et puis après, elle a crié encore plus fort. Il y avait un homme qui riait et qui parlait, mais on ne comprenait pas. Il est revenu sans ma sœur, juste comme nous partions et que papa nous disait de partir, continuait le petit garçon qui n'arrivait pas à sécher ses larmes.

La fillette, légèrement plus âgée ne voulait pas pleurer, pas encore. Ce n'était pas le moment, même si elle sentait cette boule dans la gorge qui gonflait comme une nausée. Pleurer pour son père cloué à la porte de la maison par des ivrognes. Pleurer sur sa mère ouverte de bas en haut par la machette de Georges, le voisin qui venait la taquiner dans les champs, parfois, lui promettant qu'un jour il l'épouserait. Des raisons de pleurer, ce n'était pas ce qui manquait. Mais pour pleurer il faut du temps... Peut-être que les tueurs les cherchaient, que ces voisins qu'ils connaissaient depuis toujours s'étaient aperçus qu'il manquait du monde. Ils avaient bien été chercher Dieudonné jusque dans les latrines où sa maman l'avait caché. Alors il fallait marcher, partir, s'éloigner, fuir cette odeur de peur et de sang qui les suivait.

Aucun des deux enfants n'avait jamais dépassé ce tournant, ce crochet du chemin. C'était la limite de leurs jeux, la fin du monde connu. Au-delà commençait l'autre commune, d'autres gens qu'ils ne connaissaient pas.

– Il faut partir, viens. Et arrête de pleurnicher. On va aller voir Tonton Wence, suggéra la fillette en lui prenant la main. C'est toi l'homme, tu dois me protéger, ajouta-t-elle.

Flatté, l'enfant finit par croire qu'effectivement il avait rêvé. De toutes les façons ce qu'il avait cru voir n'avait pas pu arriver. Il allait juste chercher les vaches et en rentrant sa maman lui donnerait un petit bonbon rose sans rien dire, juste en souriant. Puis avec son père, la pipe malodorante au coin de la bouche, il marcherait dans les bananiers, goûtant la fraîcheur du soir. Il lui avait dit souvent quel était le rôle de l'homme, sa responsabilité comme il disait. Comme quoi la femme était plus faible, qu'il fallait la protéger, s'en occuper pour qu'elle soit gentille et qu'elle travaille bien. Maintenant, elle lui rappelait ce que son père lui avait appris tant de soirs sous la lune si douce. Et en pensant à lui, les larmes lui revinrent. Il ressentait comme une réticence à poursuivre le chemin. Papa lui avait promis qu'ils iraient ensemble, un jour où il serait plus grand, jusqu'au bout du chemin, jusqu'à Kigali. Maintenant il devait y aller avec cette fille, et lui qui avait si peur, il devait en plus la protéger.

Au fur et à mesure qu'ils avançaient, les deux enfants voyaient se dessiner la suite du chemin. Il continuait et cela les rassurait un peu. La lumière du soleil baissait, faisant planer dans l'air une douceur orangée, dorée où même les bois paraissaient plus accueillants. Les oiseaux piaillaient, s'arrêtaient brusquement, prenaient leur envol jusqu'à un autre arbre, se tournaient vers le ciel et reprenaient leur chant. Par moment le vent apportait des bouffées d'odeurs.

– Tu n'es pas un homme, les hommes ne pleurent pas, même les femmes ne pleurent pas. Chez nous les larmes coulent à l'intérieur. Il ne t'a jamais appris ça ton père, asséna la petite fille.

– Je ne pleure pas, mentit l'enfant au torse secoué de tristesse et de panique, je te promets, je ne pleure pas. C'est juste que j'ai fait un mauvais rêve, je rêve encore...

Ils marchaient plus lentement, ils avaient couvert beaucoup de kilomètres déjà depuis le matin. Les vaches n'allaient pas si loin d'habitude, se disait le garçon. Des images revenaient devant ses yeux embués. Il n'arrivait pas à les chasser pour de bon.

– J'ai oublié mon bâton. Si je l'avais, je marcherai plus vite. On pourrait aller le chercher ?, demanda-t-il.

– On est presque arrivé. Tu le retrouveras en rentrant. Moi non plus je n'ai pas de bâton et je marche. Et puis arrête de pleurer ou je te lâche, dit la petite fille.

Comme il n'arrêtait pas, elle le lâcha et marcha un peu en avant. Le chemin maintenant s'élargissait un peu. Des trous remplis d'eau reflétaient çà et là le soleil. Pour l'amuser, elle l'encouragea à courir comme elle, entre les flaques, en regardant juste ses pieds. La montée les essouffla un peu et ils se remirent à marcher main dans la main.

Le virage n'en finissait pas, il faisait en fait le tour de la colline, régulièrement. Le soleil était de plus en plus bas dans les nuages. Il dessinait les crêtes et faisait aux arbres des ombres gigantesques. Tout à coup, ils entendirent des voix. Ils s'arrêtent et écoutent. Des rires et des chants. Des voix d'hommes surtout. Ils se regardent, elle lui dit d'arrêter de chialer. Il essaye et se frotte les yeux. Ils se regardent à nouveau et reprennent leur marche. Au loin ils reconnaissent les uniformes des gendarmes qui gardent une barrière en travers de la route.

Le garçon respire un peu mieux. Son père lui a toujours dit que les gendarmes protégeaient et que si l'on n'avait rien fait de mal ils étaient gentils. « Je suis trop petit pour avoir fait quelque chose de mal », se dit-il. Mais son père n'avait jamais dit ce que c'était le mal. Le bien il savait, mais le mal c'était plus difficile. Et puis son père lui avait interdit d'aller au-delà du tournant. Peut-être était-ce mal ? Le souvenir de son père, l'odeur de sa pipe lui firent revenir les larmes.

Le petit couple s'approchait de la barrière. Les hommes avaient arrêté de parler et de rire, et attendaient. Leurs fusils brillaient au soleil. Certains fumaient avec quelques paysans de retour des champs, la machette au creux du bras.

– Pourquoi tu pleures fiston ? demanda le gendarme. Le gamin éclata à nouveau en sanglots sans pouvoir s'arrêter. La fillette continua à marcher. Aucun regard ne se porta sur elle. Comme invisible elle continuait à fouler la poussière sans dire un mot, sans se retourner.

– Pourquoi tu pleures dis ? Tu as perdu ta langue ? insista le gendarme. Le petit, effrayé articula : « Ils ont tué tout le monde à la maison, même ma sœur. Il faut y aller monsieur le gendarme. Il faut les punir, c'est mal. »

La fillette ne se retourna pas, elle entendit juste les rires des soldats et le bruit mat de la machette sur la tête fragile. Elle ne se rappelait que deux choses : il faut marcher toujours, et il ne faut pas pleurer. Pour pleurer il faut du temps.

Kigali, le 16 janvier 1999.

Le dos au mur

Elle est assise sur ses talons dans un coin entre deux murs de briques rouges. Sa tête rasée rentrée dans les épaules, elle donne à son corps un léger balancement continu d'avant en arrière. Toute vêtue de rose, les pieds nus et les yeux dans le vague, elle marmonne de temps à autre des noms ou gémit tout doucement. La pluie tambourine sur ses épaules maigres. L'agitation autour d'elle – les mamas qui chantent Dieu, celles qui cuisinent ou nettoient – ne la concerne pas. Mais, dans ses pupilles qui fixent tour à tour les quatre murs de la prison, se reflètent des images. Si l'on s'approche, que l'on essaye de lire dans ce regard et de mettre ce que l'on voit en accord avec les sons qui sortent de la carcasse décharnée de la femme, un cauchemar se dessine par flash. Ce rêve qui revient toujours dans les yeux d'Ancille est l'histoire horrible d'une mère qui doit tuer ses enfants.

« Je vivais à Mugambazi, dans la préfecture de Kigali rurale, nous avions une petite parcelle avec une maison de pisé, quelques bananiers, un potager qui donnait bien, surtout pour les haricots et les tomates. La vie s'organisait avec le soleil, dès les premières lueurs on nourrissait les poules, les enfants emmenaient nos trois vaches et quelques chèvres brouter un peu plus loin, mon époux cueillait les bananes ou bien partait vendre quelques œufs au marché. Moi je restais pour sarcler, biner, récolter, cuisiner. Avec la nuit, tout le monde se retrouvait dans la pièce et mangeait en silence, sirotant un peu de bière de sorgho qui pique la langue et fait monter l'esprit, comme disait mon mari. Il sortait alors d'un coffre en bois, comme un trésor, un minuscule poste de radio grésillant, insérait deux piles bleues à l'intérieur et laissait venir des voix qui nous parlaient du monde.

Chaque jour était le même, paisible et laborieux, d'autres enfants venaient au monde pendus à mes seins. À trente-cinq ans j'étais une vieille femme qui venait de voir naître son dernier bébé. Mon mari, un beau gars bien bâti et élancé, gagnait bien au marché, buvait un peu plus et courtisait les jeunes voisines ; moi je regardais pousser mes enfants, les haricots, les herbes folles au sommet de la colline...

Rien ne changeait, ma vie était celle de ma mère et de la sienne avant elle. Le toit de tuile de notre maison laissait de plus en plus voir le soleil, et le soir, je souriais aux étoiles, remerciant Imana de m'avoir prêté vie si longtemps. Entre les ronflements sourds de mon époux, j'écoutais le murmure des enfants endormis.

Un soir, mon époux annonça qu'il partait pour le Nord faire des affaires quelque temps, qu'il prendrait la moitié de l'argent, laisserait l'autre pour nous et reviendrait dans trois semaines tout au plus. Il ralluma ensuite la petite radio pour écouter attentivement, montrant ainsi qu'il nous avait informés mais que lui seul décidait. Une fois dans notre lit de branches, mon époux me serra dans ses bras et me chuchota des mots doux à l'oreille comme il ne l'avait plus fait depuis longtemps. Il m'expliqua qu'il partait pour fuir un danger, pour sauver ses frères, et libérer le pays, que moi je n'avais rien à craindre et qu'il me reviendrait. Cette étreinte-là était un adieu sincère rempli d'amour. Bercée par ses ronflements, j'ai senti que quelques larmes très salées coulaient sur mes joues, tout mon corps relâché et mon cœur se laissant aller.

La vie continua identique quelque temps, les voisins apportaient régulièrement des rumeurs de combats plus haut, dont on discutait après la messe sans bien savoir exactement de quoi il retournait. Les vieux prévoyaient des malheurs à venir, les femmes ne disaient rien et les jeunes jouaient aux soldats, défilant dans les sentiers des machettes neuves au creux du bras. Les enfants revenaient parfois de l'école en pleurant, on les traitait de cafards, et ils ne comprenaient pas pourquoi, moi non plus d'ailleurs, mais les enfants sont si cruels entre eux…

Rapidement, les combats se sont rapprochés, on entendait même parfois des cris et des tirs de l'autre côté de la colline. Beaucoup de jeunes étaient partis sans jamais revenir, et ceux qui restaient buvaient plus que de raison et restaient prostrés pendant des heures au retour du travail. La pluie apportait des odeurs étranges, le vent comme des cris de douleurs, et la lune, rousse depuis plusieurs jours, donnait à toute chose une couleur de sombre latérite.

Après la messe, en cachette, les femmes se retrouvaient et racontaient des choses horribles qui n'arrivaient qu'aux autres. Qu'on avait jeté le bébé d'untel dans les latrines et fermé sur lui le couvercle, que le mari d'une autre avait été poursuivi sur des kilomètres et battu à mort, que le prêtre d'à côté avait été crucifié sur la porte de son église. La cousine de la voisine, enceinte, a été ouverte d'un seul coup, le bébé jeté dans le feu et elle abandonnée sur le sol, noyée de chagrin devant le petit corps grésillant. Une fille de onze ans, qui avait saigné pour la première fois l'hiver précédent, et tellement petite et jolie qu'on la laissait toujours avec les enfants, avait été violée pendant deux jours par quatorze gamins qui l'avaient ensuite abandonnée sur place, tremblante et presque sans vie. Chacun ajoutait des détails, des on-dit, affirmant connaître qui était mort, qui avait tué, mais personne ne se sentait vraiment concerné, pas directement en tous les cas, et puis ce n'était pas la première fois.

Un matin, avant les poules, une dizaine de jeunes sont entrés dans la maison en criant. Les yeux injectés de sang, dépenaillés, armés de bâtons et de coutelas, ils m'ont battue, traitée de traître, de pute. Ils disaient que je devrais avoir honte d'avoir donné mon cul à un cancrelat, d'avoir chié quatre larves qui allaient pourrir ma maison, faire mourir les bananiers, et porter malheur à toute la famille. Et moi qui ne comprenais rien, je repensais aux histoires d'après la messe, aux bébés écartelés, jetés contre les murs, écorchés vifs... J'ai essayé de les chasser, je leur ai dit qu'ils devraient avoir honte, qu'ils n'avaient pas d'ordre à me donner. Ils m'ont giflé devant mes enfants, m'ont dit qu'ils reviendraient demain et qu'ils nettoieraient, si je ne l'avais pas fait moi-même.

Le bébé pleurait, ma fille ne disait rien, l'aîné semblait bouillir de colère. Il commença à crier sur moi, à dire que je devais faire quelque chose, que j'étais leur mère. Ma tête tournait, ma langue ne disait rien, je regardais les deux puînés qui continuaient à manger leur bouillie et à se taquiner du pied sous la table. Mon fils ressemblait à son père, mais il avait cette colère terrible dans les yeux. Je me relevai, pris ma canne et mon châle, ordonnai de faire comme d'habitude et affirmai que je reviendrais vite. Mon frère pourrait m'aider, ma belle-mère pourrait m'aider, au moins me dire quoi faire.

Lorsque j'arrivais chez mon frère, de la fumée sortait du toit, ma belle-sœur était debout devant la maison. Je lui fis de grands signes de bonjour parce que je l'adorais, cette petite au visage d'ange, si belle que tous les hommes lui tournaient autour depuis qu'elle avait treize ans, ce qui rendait mon frère fou de jalousie. Mais elle ne répondit pas. Je marchais vite, escaladant la colline à l'aide de mon bâton. Mais à quelques mètres, essoufflée, je regardais ma sœur. Elle n'était pas debout, elle était dressée, plantée sur un pieu. De la maison sortait une fumée noire et du bruit.

Comme je me précipitais, un chien me renversa en sortant du logis, effrayé par mes cris. Le corps de mon frère gisait, à moitié brûlé, et la chair carbonisée lui faisait des yeux globuleux étonnés et un sourire immense.

Paniquée, je courus dans l'autre sens mais un bruit me fit sursauter, quelqu'un approchait. Je me tassais dans l'herbe, attendant. C'était mon aîné. Je l'arrêtai, lui demandai pourquoi il m'avait suivi et lui ordonnai de rentrer. Mais sa colère était toujours là, terrible. Alors je lui dis d'aller se cacher dans l'étable de son oncle, que là il se reposerait, que là il ne risquait plus rien et que je reviendrais le chercher avec les autres. Il obéit et je repris la route. Chez ma belle-mère il n'y avait personne. Toute la maison était retournée, mais pas de sang, pas de feu, rien. Le soleil commençait à tomber derrière les collines, il me fallait rentrer. En chemin j'entendis des cris, des hurlements, des tirs. Mais la lune rousse me guida jusqu'à la maison où m'attendaient les enfants. Je ne savais pas quoi faire, la peur au ventre, je priai toute la nuit.

Le lendemain matin, personne ne vint, ce qui me rassura un peu. Mais j'avais tellement peur pour mes petits que je continuais à chercher une solution. Les souvenirs de jeux avec mon frère, de son mariage avec sa belle, me revenaient sans cesse en mémoire. Je maudissais mon époux de n'être pas avec nous, lui aurait su quoi faire. Et moi, inutile, j'étais là, sans force, épuisée de terreur, taraudée par les récits des voisines. À six heures, ivre, un jeune arriva sans crier gare. Il fouilla la maison, trouva les enfants et les rassembla devant la porte. Il caressait son gourdin, le regard fou. De ses mains sales aux ongles noirs, il caressait le visage de ma fille qui n'osait bouger. "Ils sont encore là ces parasites", me dit-il, la bouche pâteuse. Il s'approche de moi, me touche les fesse en riant, "la vieille tu n'as pas travaillé, tu veux qu'on fasse le boulot à ta place". Il pue le sang et la bière, il me serre plus fort, approche son visage, devant mes enfants. Je le frappe, je crie, je ramasse la première chose que je trouve, une casserole et je le bats, le menace. Il s'enfuit en hurlant qu'il reviendra demain leur faire la fête, alors tremblante j'embrasse mes enfants tous ensemble, je les serre contre moi et je pleure.

La nuit je n'ai pas dormi, rien ne m'a éclairée dans mon sommeil que les flashs des horreurs vécues en une seule journée. La peur est toujours là. J'écoute le murmure du souffle des enfants dans leur sommeil et je ne sais pas quoi faire. Tous les quatre sont couchés ensemble, très serrés, comme dans un nid. Deux jours que je n'ai pas dormi. Tôt je me lève et je prépare comme une aveugle la bouillie. Sur le bord de la fenêtre il y a un pot. Je me souviens que mon mari le mélangeait à l'eau et répandait la mixture sur les haricots pour tuer les bêtes. Je prends le pot et je le vide dans la bouillie, je touille bien, j'ajoute du sucre et du lait et je tourne. Les enfants se réveillent alors qu'il ne fait pas encore jour. Tranquillement ils s'asseyent autour de la table devant leurs bols. Je les sers un par un en les embrassant sur le crâne. Encore endormis, ils mangent doucement, cuillère après cuillère. Je m'assois devant mon bol et je commence à manger. Ma fille me regarde dans les yeux à ce moment et me dit que je ne dois pas manger moi, que je dois attendre papa. Les autres plus petits commencent à pleurer, à se tordre. Très vite pourtant il n'y a plus de bruits. Quand les jeunes arrivent, au moins vingt, je suis seule devant mon bol. Tous les quatre, les enfants sont retournés dans leur lit, comme pour dormir.

"Alors la vieille, tu nous forces à revenir". Je ne dis rien, je suis là, je n'ai plus de jambes, plus de souffle, plus de tête. Les rires horribles résonnent dans mes oreilles. Ils secouent les enfants qui ne bougent plus, leurs petits corps encore chauds. Un filet de bave blanche et épaisse coule de la commissure de leurs lèvres, leur belle couleur s'est estompée pour virer au gris sale. Les jeunes ne disent plus rien, ne rient plus. Ils partent et je reste là, seule, sans rien, pendant des jours.

Encore aujourd'hui, tant d'années après, l'estomac me fait mal au point que j'ai envie de crier. La nuit j'ai des insomnies, je vois mes enfants et je ne peux pas dormir. Leurs visages sont sans cesse devant mes yeux. Je suis morte avec eux. »

Le capitan chef me secoue : « Monsieur, Monsieur, vous ne pouvez pas rester là. Ça fait des heures que vous ne dites rien et que vous scrutez cette pauvre femme. Monsieur, il faut partir. Ancille ne parle pas. Vous voyez, elle pleure, laissez-la ».

La grosse femme me prend par le bras et m'entraîne dehors. Une fine pluie me sort de ma torpeur, et la fraîcheur de l'air me pique les yeux.

« Ancille ne parle plus, personne ne vient jamais la voir, même pas son fils. C'est sa belle-mère qui l'a dénoncée parce qu'elle a empoisonné ses enfants. Une pauvre femme celle-là aussi, qui a tout perdu, même son fils qui était soldat », me dit-elle.

En arrivant devant la porte, je me retourne : tassée sur elle-même, vêtue de l'uniforme carcéral rose, Ancille, sa tête rasée rentrée dans les épaules, serrée entre ses deux mains sèches, marmonne entre ses dents. C'est comme une berceuse sortie du fond des âges, susurrant des mots doux.

Kigali, le 28 novembre 1999.

Espérance

Comme tous les dimanches, l'abbé Privat se rendit à l'église de bon matin afin de se concentrer sur son homélie, préparer le nécessaire pour la cérémonie, relire deux ou trois passages de la Bible pour bien s'en imprégner avant la lecture qu'il allait faire devant ses ouailles. Il aimait ce moment de calme et de recueillement qui précédait ce qu'il considérait autant comme une prestation au service du Seigneur que comme un acte de foi. Sa foi, il n'en doutait pas, il n'avait pas à en convaincre les autres et estimait que ses actions parlaient d'elles-mêmes. Ici, où tout le monde l'écoutait et lui vouait une confiance aveugle, presque superstitieuse, personne ne pouvait de toute façon le contredire. De temps en temps il se surprenait même à parler avec Dieu, comme ce prêtre italien qu'il avait vu dans un film. Il lui livrait ses angoisses, ses tentations, ses doutes. Et de là-haut, il avait l'impression que Dieu lui répondait. Depuis quelque temps cependant, le dialogue s'était rompu, Dieu ne répondait plus. L'abbé Privat avait d'abord interprété cela comme une punition injuste pour une faute qu'il n'avait pas commise. Avec assiduité il avait continué d'interroger le ciel sans succès. Il s'était convaincu petit à petit que la faute n'avait pas été commise par lui, mais par un ou plusieurs de ses paroissiens.

Les temps semblaient en effet lui donner raison. Le pays sombrait dans le chaos et, à en croire les informations, des gens chaque jour étaient tués ou mutilés. Les combats n'étaient pas encore arrivés jusqu'à sa paroisse, mais dans un pays si petit, il y avait peu de chance qu'elle soit épargnée. Les gens parlaient quotidiennement de ces changements à venir, souvent sans haine ni passion, craignant seulement de perdre le peu qu'ils possédaient. À la radio les autorités encourageaient à tuer certaines personnes, et jusqu'à présent l'abbé Privat avait réussi à éviter que des innocents trouvent la mort simplement parce qu'une voix lointaine et crachotante l'ordonnait. Il y avait bien eu quelques résistances, des jaloux avaient tenté de voler une vache ou deux à leur voisin, un amant éconduit essayé de violer une ancienne maîtresse, mais rapidement, avec le soutien moral des vieux, tout était rentré dans l'ordre. On parlait de bandes de jeunes, saouls, armés de machettes, et prêt à tous les crimes, le cerveau lavé par une propagande assassine, qui pourraient un jour arriver dans le village et massacrer tout le monde ou presque. Mais en ce dimanche paisible, jour du Seigneur, rien ne semblait menacer l'éternité des jours.

Dans sa sacristie de briques rouges crues, le prêtre s'habillait de son aube immaculée et entourait ses épaules d'une étole pourpre. Tout était calme et silencieux encore dans l'église. Il pensait à ces jours sombres et ne savait pas vraiment quoi en dire. Rien dans sa formation de séminariste, dans ses réflexions théologiques ne l'avait préparé à vivre une guerre, à se trouver confronté à la violence. Les seuls coups qu'il connaissait étaient ceux qu'il s'assénait méthodiquement sur le dos avec une chicotte, dès que son corps d'homme encore jeune lui rappelait trop douloureusement des besoins qu'il avait promis de ne jamais satisfaire. Il avait écrit une lettre à l'évêque pour savoir quels étaient ses ordres, la conduite à tenir, parce qu'il ne voyait pas où ailleurs que dans la hiérarchie se réfugier. Trop faible peut-être pour prendre sa propre décision, on lui avait depuis toujours appris l'obéissance, que ce soit dans la cabane familiale de son enfance, dans le collège jésuite de ses études ou encore dans les palais romains où il avait une fois échangé quelques paroles avec Sa Sainteté le Pape. Quoi de plus simple finalement que l'obéissance, être comme un soldat qui ne réfléchit pas mais attend simplement qu'on lui dise quoi faire, s'interroger à peine sur le sens de ses actes, mais savoir que chaque geste participe d'une œuvre plus grande, plus haute. On lui avait répondu que les autorités savaient ce qu'elles faisaient, que rien n'avait changé quant aux relations des prêtres avec les bourgmestres et autres responsables locaux : coopération, conseil et apostolat, tels étaient les maîtres mots de la consigne officielle.

En vérité, ces consignes n'avaient pas réconforté l'abbé, et il se retrouvait tout aussi seul qu'avant face à ses doutes et son indécision. D'abord il n'avait lui-même aucune raison de soutenir un camp ou l'autre, ses études, ses voyages à l'étranger l'avaient habitué à regarder les événements sans passion et les passions sans enthousiasme. Il s'intéressait à beaucoup de choses, mais, à part son sacerdoce, ne s'engageait jamais vraiment, attendait de voir. Comment tournait le vent, jaugeait les parties et souvent se rangeait du côté du vainqueur. Ce n'était pas tant un manque de courage qu'une volonté de conciliation. Guidé par le Livre Saint, il n'avait pas d'autre morale et cherchait souvent dans les Écritures les réponses simples que ne pouvait lui fournir son intelligence. En tant que pasteur, il aimait toutes ses brebis en toute égalité ou du moins essayait de s'en convaincre, et ne faisait jamais de différence entre la famille d'un soldat ou celle d'un marchand, d'un instituteur ou d'un chômeur. Son monde était gris, il connaissait par expérience les travers de la nature humaine, même si parfois les siens lui échappaient, il savait que nul n'est totalement bon ou totalement mauvais mais que chacun est capable de mesquinerie et de méchanceté, mais aussi de douceur et de générosité. En chacun il reconnaissait son prochain, fidèle en cela au message du Christ. Bien sûr il se sentait plus proche de sa servante que de la femme du voisin, du petit Athanase, si vif au catéchisme, que de cet écervelé de Tharcisse qui, au demeurant, devait filer un mauvais coton puisqu'il avait disparu depuis près de deux semaines, du minuscule sonneur de cloche qui bondissait comme un beau diable sous le clocher chaque dimanche, que du professeur qui lui reprochait son obscurantisme et ne venait jamais à l'office.

Soudain des pas saccadés sur le sol dallé de la nef sortirent l'abbé Privat de sa torpeur. Comme à chaque fois Athanase se précipitait en soufflant dans la sacristie, quelques minutes seulement avant la messe. Les yeux pleins de sommeil, il sauta dans sa longue chemise blanche, le visage brillant de sueur et le sourire aux lèvres. Le prêtre ne dit rien, lui caressa la tête d'une main et lui tendit de l'autre les deux burettes et le calice sur un plateau. Des murmures venaient maintenant de l'église, des raclements de gorges et des bruits de bancs que l'on bouscule. Son moment allait arriver. Avec toute la solennité dont il était capable, il grimpa les quelques marches et arriva derrière l'autel. Comme chaque dimanche, les visages familiers lui faisaient face, peut-être deux centaines de têtes qu'il connaissait depuis toujours, avait baptisées, confessées, punies ou encouragées. Et puis il y avait la petite Espérance, assise comme toujours au premier rang, ses grands yeux en amandes largement ouverts, son long visage à la peau claire tendue vers la petite lumière rouge qui marquait la présence de l'Esprit saint. Contrairement aux autres fois, l'abbé se fit la réflexion que la petite grandissait. Elle devait bien avoir 17 ans maintenant, depuis longtemps des seins ronds et fermes lui avaient poussé, ses formes s'étaient arrondies et sa démarche féline affirmée. Elle portait ses cheveux noirs tirés en arrière par un petit ruban bleu, qui mettait en valeur son visage aux traits fins pas encore déformés par les douleurs de l'enfantement. Il faudrait qu'il parle à ses parents, que l'on pense à la marier, sinon tous les garçons allaient lui courir autour. C'est qu'elle n'était pas seulement belle, elle était aussi intelligente et vive, capable de tenir tête à son père sur des sujets qu'elle estimait ne relever que de son propre ressort, de répondre au prêtre sur la morale des paraboles, pas du tout comme une effrontée, mais bien plus comme une femme raisonnable qui s'interroge sur la vie, son sens et son rôle. Elle impressionnait souvent l'abbé par la clarté de ses raisonnements, son bon sens, mais surtout par sa capacité d'empathie, qui lui permettait de comprendre simplement grâce à la puissance évocatrice de son imagination, des situations auxquelles elle n'avait jamais pu être confrontée. L'abbé s'était même dit une fois, regrettant immédiatement son sacrilège, qu'elle aurait fait une meilleure séminariste que lui, si ce n'était ce sexe si handicapant.

Et ce matin, elle était là, le regard attentif, son visage lisse tourné vers le crucifix de bois noir suspendu au-dessus de l'autel, tout entière tournée vers les enseignements qu'elle espérait tirer de la cérémonie. Athanase se gratta la gorge, alors que la vieille organiste attendait le signe du prêtre pour entamer sa mélodie criarde sensée élever les âmes vers le ciel, comme elle aimait à le souligner. Celle-ci était une drôle de paroissienne, avec ses pagnes douteux, ses cheveux pauvres dressés vers le ciel et sa mine chafouine parcheminée ; elle avait de longs doigts qu'elle faisait glisser par habitude sur les touches de l'harmonium, le regard perdu dans le vitrail violet et jaune qui donnait à sa silhouette l'allure d'un spectre. L'abbé Privat se ressaisit, il fallait commencer ; d'un coup d'œil, il donna le signal et la mélopée s'éleva, amplifiée par les voix tonitruantes des ouailles. Brave Athanase, se dit le curé, je vais en faire un prêtre. Il sera un peu comme mon fils. Il avait prévu pour son sermon d'insister sur l'amour filial, une référence commune à chacun et qui lui permettrait de rappeler que chaque homme est le fils de Dieu, une façon habile pensait-il, de gagner du temps sur les esprits qui s'échauffaient. Après les prières, il entama son discours. Espérance avait plongé son regard dans le sien, et était prête à écouter les paroles. Il se dit qu'il était étonnant que cette petite ne vienne jamais se confesser, jamais il n'avait eu une conversation avec elle, des échanges lors des cours de catéchisme oui, mais un dialogue face à face jamais. Il commença à parler de sa voix forte et imposante, exercée par des années de prêche.

« Mes frères, en ce jour je tiens à vous rappeler la parole de notre Seigneur. Dans l'Ancien Testament, il est raconté l'histoire du prophète Abraham auquel Dieu demande de tuer son propre fils Isaac. Dieu lui demande ce sacrifice en signe de soumission parce que seul Dieu sait ce qui est juste et bon. Mais aussi parce que c'est le plus grand sacrifice qu'un père puisse faire : tuer son propre fils. Pourtant Abraham, fort de sa foi, amènera son enfant sur l'autel, se saisira du couteau et au moment d'exécuter la volonté de Dieu, sera arrêté par le bras puissant de celui-ci. Plus tard, beaucoup plus tard, c'est pourtant Dieu lui-même qui sacrifiera son propre fils, notre Sauveur Jésus-Christ, pour la rémission de nos péchés. Le plus beau, mais aussi le plus terrible de tous les sacrifices. Mais ce que certains peuvent considérer comme un meurtre, un infanticide, Dieu l'a fait pour nous sauver, nous ses misérables enfants. Il a laissé mourir Jésus pour nous faire comprendre le chemin à suivre et que nous sommes tous ses enfants, sans distinction. Aujourd'hui, c'est à nous de rendre à Dieu ce qu'il nous a donné en lui montrant qu'il n'a pas fait ce sacrifice en vain, en lui montrant que nous avons compris son message, cette capacité d'amour qui nous transcende et nous permet de reconnaître en chacun de nous un enfant de Dieu, un frère. Prions... »

La musique de l'harmonium reprit, en sourdine d'abord pour donner le ton, puis plus fort accompagnée par les voix. Espérance chantait de bon cœur, articulant chaque mot comme si elle savourait une friandise, et donnant à sa voix cristalline toutes les nuances de la gamme avec une justesse de diapason. L'abbé, tout en chantant de sa voix grave, l'observait et préparait mentalement ce qu'il dirait au vieil Eugène, son père, que l'âge empêchait sans doute de voir sa fille grandir. Elle était la petite dernière, le joyau de la famille, adorée et admirée par tout le monde, écoutée même par ses frères qui avaient pour elle plus de respect que pour une mère. Alors que la mélodie continuait, lancinante, il se remémora l'émotion qui le saisissait toujours lorsqu'elle tendait vers lui sa langue rose, humide entre les lèvres sombres et charnues, les yeux fermés, attendant l'hostie. Il avait parfois l'impression d'être ébloui par la blancheur de ses dents, il fermait alors les yeux et déposait la rondelle sur cette langue le plus vite possible pour que disparaissent les pensées qui l'assaillaient. Il continua à chanter, Athanase avait ouvert le tabernacle et se saisissait des morceaux de biscuit qui seraient bientôt sanctifiés. Le ronronnement de la chanson touchait à sa fin, mais il y avait comme un bruit sourd qui prenait le dessus. On entendit des bruits de portière, de pas, les deux battants de la porte s'ouvrirent violemment, laissant entrer une vive lumière. À contre-jour, des ombres apparurent, menaçantes. Personne ne disait rien, tout le monde s'était retourné et attendait. En avançant vers l'autel les visages des arrivants se faisaient plus précis, mais ce qui retenait surtout l'attention, c'était ces bras armés de gourdins et de machettes, de haches et de pieux. Athanase, une fois de plus se racla la gorge, rappelant pour la seconde fois aujourd'hui à l'abbé Privat que c'était à lui de parler.

« Mes frères, vous pénétrez armés dans la maison du Seigneur », articula-t-il.

Un homme, carré et le visage sombre se plaça devant lui, ses yeux déterminés l'observèrent longuement, détaillant chaque détail de son visage. Sans rien dire, sans un frémissement des muscles de son visage, il se retourna et entama un discours :

« Écoutez-moi, je suis porteur d'ordres qui émanent de la préfecture, tous les Tutsis doivent se rassembler dans l'église dans l'attente de nouvelles instructions. Un appel sera organisé dès 16h00 aujourd'hui. Ceux qui ne seront pas présents seront considérés comme en infraction », assénat-il d'une voix ferme. Le prêtre crut reconnaître l'accent du nord du pays. Celui-là n'était pas de chez nous, se dit-il. L'autre poursuivait : « Vous n'avez rien à craindre, tous ceux qui respecteront les ordres seront bien traités, et puis, dit-il en se tournant vers le prêtre, vous serez dans la maison du Seigneur ». En commençant à quitter l'autel, il ajouta que tous les Nyubakumi étaient attendus dans les plus brefs délais à la commune pour une réunion spéciale. Comme ils étaient entrés, les hommes disparurent, laissant derrière eux la porte grande ouverte. Personne n'avait prononcé un mot. Les visages d'un seul mouvement s'étaient de nouveau tournés vers l'officiant. Celui-ci serra la Bible contre lui comme pour y puiser une inspiration. « Ding ding » fit légèrement la petite cloche dans la main tremblante d'Athanase. « Mes frères, marmonna l'abbé, mes frères... », perdu, il ne trouvait pas ses mots. Il croisa le regard déterminé de la belle Espérance, pensa à la Vierge et dit : « Mes frères, ayez foi en notre Seigneur, nous avons connu des temps troublés et ensemble nous avons toujours réussi grâce à l'aide de Dieu à surmonter nos difficultés. Au nom du Père, du Fils et du Saint-Esprit, rappelons-nous les mots de Jésus avant qu'il ne soit vendu par Judas. »

Une fois l'Eucharistie terminée, l'abbé invita chacun à se faire un signe de paix. Rapidement, l'assemblée se dispersa dans un large murmure interrogatif. Athanase rangeait toutes les affaires sans mot dire. L'abbé se dirigea vers la sacristie: « Drôle de messe, se dit-il, oser troubler ainsi la cérémonie de communion....

– Pardon mon Père ?, demanda Athanase.

– Non rien, je pense à ce qui vient de se passer, répondit l'homme d'Église.

– Mon père, qu'est-ce que c'est un Tutsi ? », interrogea l'enfant d'une voix hésitante.

Après un court silence, l'abbé répondit : « C'est une bonne question, j'espère qu'eux-mêmes ont la réponse. Dans le temps, les rois et les nobles étaient tutsis, les paysans, les pauvres étaient hutus. Un grand guerrier hutu pouvait devenir tutsi, un tutsi ruiné hutu. Les gens se sont mélangés, mariés entre eux, ont eu des enfants soit hutus soit tutsis selon l'appartenance du père. Toi par exemple, ton père est hutu, donc tu es hutu. Moi ma maman était tutsie, mon père hutu, donc je suis aussi hutu. »

– Mais si votre mère était tutsie, vous êtes aussi un peu tutsi.

– Oui, répondit simplement le prêtre.

L'abbé Privat n'avait pas bougé de la sacristie. Après le départ d'Athanase, visiblement plongé dans des réflexions profondes, il avait simplement posé ses habits de messe sur une table, essuyé ses lunettes et bu le fond de vin qui demeurait dans le calice. Il tentait sans succès de rassembler ses pensées. Il pensait davantage pour le moment à la tâche matérielle, à la logistique que représentait l'accueil de tous les Tutsis de la paroisse qu'aux raisons de ce rassemblement. Il se sentait un peu écrasé par une charge qui le dépassait. Il éprouvait un malaise que son fatalisme de catholique ne parvenait pas à lui faire accepter. Rien ne lui permettait de dire ce qui allait se passer. Il était seul, alors il pria.

Espérance souriait, elle ne savait pas pourquoi. Après la messe, toute la famille était rentrée à la maison et avait rassemblé quelques affaires : de l'eau, des biscuits et des bananes, quelques nattes, des couvertures et s'apprêtait à prendre le chemin de l'église. Pour Espérance, c'était une aventure : pour la première fois de sa vie elle n'allait pas dormir dans la maison où elle était née, elle allait voir ses amies dans des circonstances particulières, sortant complètement de son ordinaire. Parallèlement à l'excitation de la nouveauté, Espérance sentait une boule au fond de sa gorge, un peu comme lorsqu'elle était petite et sa mère malade, elle avait dû aller chercher de l'eau en pleine nuit, une nuit sans lune où elle avait peur de rencontrer un de ces hommes que l'on disait blanc qui l'aurait emmenée pour la manger.

Le vieil Eugène ne disait rien, la pipe nauséabonde au bec, il poussait de temps en temps des petits grognements qui montraient qu'il était pris dans une importante conversation intérieure, les yeux dans le vague, observant la maisonnée s'affairant pour le départ. Dehors, le soleil commencait à être caché par les nuages gris sombre, annonciateurs de l'orage et de la fraîcheur. Il faudrait arriver à l'église avant la pluie, sinon tout serait trempé. Il regarda Espé, comme il l'appelait, cette jolie plante lui rappelait son jeune temps et il se dit qu'il avait fabriqué une fille qui était une copie physique exacte de la femme qu'il rêvait de rencontrer, belle, élancée, douce, avec cette sensualité à fleur de peau qui l'avait toujours rendu fou: un rien dans le regard, un sourire juste un peu appuyé et coquin, un mouvement du bras qui laissait voir presque sciemment dans l'échancrure du chemisier la naissance des seins. Il se rappelait une nuit où il était rentré tard, saoul et trébuchant après avoir usé ses genoux sur le grabat infect d'une pute adipeuse, il avait été brusquement arrêté sur le seuil de sa porte. Au début il avait cru qu'il rêvait : éclairée par la lune pleine qui poussait ses rayons profond dans la cahute, là couchée sur le ventre, dormait Espérance ; son pagne avait glissé, dégageant largement ses fesses charnues et hautes, bombées comme deux collines royales ; à cause de la chaleur quelques gouttes de sueurs perlaient au bas du dos, à la naissance de ces formes, les lèvres légèrement entrouvertes, Espé respirait à peine, ne bougeait pas. Il était resté un moment à la regarder, pas de façon salace, mais plutôt comme une vision qui l'avait radicalement dégrisé. Délicatement, il avait refermé la porte, l'avait recouverte du drap avec tendresse sans la toucher, et était resté allongé sur son lit jusqu'au matin, ne pensant à rien et à tout à la fois, serein et fier, perplexe et timide. La vie était mal faite puisque cette femme qu'il adorait, il ne pourrait jamais la toucher, jamais la posséder.

Par réaction, il la couvait jalousement, ne la laissant pas approcher n'importe qui, surveillant ses sorties, la choyant comme son plus cher trésor. Il sentait qu'elle était une femme déjà et une femme extraordinaire, ce qui ne l'empêchait pas d'être très inquiet de ce qui venait de se passer à l'église et encore plus de ce qui allait suivre.

Beaucoup de gens marchaient, chargés des objets les plus divers, en direction de l'église, rapides sous la menace de la pluie. Le portail grand ouvert de la chapelle avalait les familles étonnamment silencieuses ; à l'intérieur à peine un murmure, le choc des bancs transportés pour faire de la place aux matelas, le grésillement d'une radio, les pleurs d'un enfant. Espérance rentra, suivie du reste de la famille, elle n'avait pris que ce qu'elle pensait essentiel. Elle trouva un coin un peu à l'abri des courants d'air des fenêtres à claire-voie, posa le matelas coloré et s'assit.

Eugène suivait, sans dire un mot, la pipe froide coincée au coin des lèvres. Il regarda sa famille : Espé, les deux petits frères toujours à se disputer malgré leur âge qui en faisait déjà des gaillards, la petite servante sage et silencieuse, les yeux un peu affolés. Gérard manquait, il y avait deux semaines que personne ne l'avait vu. Il pensa à sa femme, morte il y a si longtemps, elle n'aurait pas aimé ce déménagement. « Que faire, si ce n'est attendre ? » se dit-il. Mais ses réflexions furent interrompues par un nouveau fracas de portières, de moteurs, d'entrechoquements de métal, déjà 16h00.

« Asseyez-vous, tout le monde assis, assis ! », beugla l'homme au visage sombre qui avait le matin donné les consignes. Il passait dans les travées, agitait les bras en criant, poussant les gens vers le sol comme pour être bien sûr que personne ne le dépassait plus. « Assis et silence, silence ! ». Son haleine sent la bière, pensa Espérance lorsqu'il passa à son niveau, elle regarda ses pieds épais et sales, ses mains noueuses aux ongles noirs qui dépassaient de la chemise blanche.

« Je fais passer cette feuille parmi vous, mettez vos noms ! », ordonna-t-il simplement. La feuille circula, portée par un autre homme auquel manquait un œil, il vérifiait que tout le monde était répertorié. Personne ne parlait, sauf l'homme sombre avec quelques-uns de ses sbires, chuchotant. La liste passait de main en main, Espérance marqua son nom de son écriture délicate et appliquée, remit la feuille au borgne qui la lui arracha des mains, brutal sans raison. Elle pensa qu'il était comme un animal, silencieux et souple, noueux comme si la violence faisait frémir la moindre cellule de ses muscles, il faisait peur d'autant que le trou qu'il arborait à la place de l'œil était parfois l'objet de soubresauts inquiétants, ponctués de larmes épaisses comme du pus. Des poils frisés et noirs recouvraient ses avant-bras puissants et sa poitrine largement visible par le col du T-shirt maculé qu'il portait. Espérance croyait n'avoir jamais vu d'homme aussi laid et elle sentait une forte répulsion rien qu'en étant à quelques mètres de lui. Soudain une vieille femme fit une croix sur la liste ; la main partit, sauvage et vive, écrasa la face de la vieille qui alla heurter un des piliers de l'église. L'œil valide lançait des éclairs, sa bouche des imprécations sans suite mais dont le rythme et la force signifiaient assez la violence et la haine. La vieille ne se releva pas, du sang commençait à couler sur le sol de son oreille.

« Que se passe-t-il ici ?, demanda l'abbé Privat arrivé silencieusement.

– Cet homme l'a frappée, il l'a giflée pour rien, déclara Espérance en regardant le borgne droit dans les yeux.

– Elle doit marquer son nom », dit-il simplement avec une lueur méchante dans l'œil en fouillant la jeune fille du regard.

Interdit, l'abbé se grattait le menton se demandant que faire. Athanase qui était arrivé touchait le corps de la vieille : « Elle ne respire plus.

– Tant mieux », prononça le borgne dans une sorte de marmonnement.

À son tour le bras du prêtre s'abattit sur la figure de l'homme, tendue, précise, sa main le frappa sans hésiter. Sa tête cilla à peine, mais ses doigts se crispèrent sur la machette qu'il avait très vite, comme un réflexe, sortie de sa ceinture, le coude se leva, prêt à s'abattre lorsqu'une main de fer attrapa le poignet. L'homme sombre arrêta le geste devant le pasteur interdit, tremblant de rage ou de peur. Espérance n'avait pas bougé.

« On ne tue pas nos frères, et pour les autres on a le temps », dit simplement le chef.

Obéissant, le borgne baissa la tête, ramassa la liste et continua sa collecte de noms.

« Qui êtes-vous, que voulez-vous, demanda Athanase dans un sanglot je ne comprends pas ». Il renifla fortement, défiant l'homme sombre de sa petite taille d'enfant. L'abbé

Privat lui mit la main sur la tête, doucement sans rien dire. L'homme sombre se taisait. Espérance observait. Elle se leva, appela la petite servante et ses frères, enveloppa le corps de la vieille dans son pagne et transporta le corps à l'extérieur.

Un jeune garçon armé d'un bâton remit une nouvelle liste à l'homme sombre qui n'avait toujours pas dit un mot, mais dont les yeux passaient tour à tour du prêtre à l'enfant. Le borgne amena sa feuille qui avait pris l'aspect d'un parchemin sale et la donna à son chef. Un peu plus de pus coulait de son orbite. L'homme sombre compara les deux papiers, compta les noms pensivement.

« Il en manque », dit-il au borgne qui, immédiatement, d'un pas déterminé passa dehors, prit quelques hommes et se dirigea vers le village.

« Padiri, nous devons parler », ordonna-t-il au prêtre. Athanase n'avait pas bougé, il continuait de scruter l'homme avec un mélange de fascination et de crainte, comme si le fait de ne pas le quitter des yeux allait chasser sa peur. Il observa les deux hommes se dirigeant vers la sacristie. Eugène, qui n'avait pas bougé et qui mâchonnait toujours sa pipe, l'attira à lui et le serra, très fort et très longuement. L'enfant sanglotait.

La pièce avait pris des reflets orangés avec le coucher du soleil. Chaque ustensile sacré brillait comme de l'or, et le crucifix de bois simple renvoyait cette lumière sur le sol. En entrant l'homme sombre se posta juste sur ce reflet, se retourna et planta ses yeux dans ceux du prêtre.

« Tout est très simple : ou tu es avec nous ou tu es contre nous. Nous sommes envoyés par le gouvernement pour nettoyer ta paroisse, nous avons déjà fait nos preuves ailleurs et tu as sans doute déjà entendu parler de moi, dit-il, ajoutant avec fierté : je suis Shatani ».

Le nom raisonna dans la tête du curé comme le tonnerre. Ébranlé, il ne savait quoi dire, effrayé, il restait interdit. Non seulement ce nom signifiait Diable en kinyarwanda, mais l'homme qu'il avait en face de lui effectivement avait déjà « fait ses preuves » : depuis plusieurs semaines, la radio chantait ses louanges, louait ses exploits, exploitait ses massacres. Il était le plus célèbre des Interahamwe, ces jeunes tueurs qui menaient leurs proies à l'abattoir, devenus tellement avides de sang qu'ils tuaient parfois n'importe qui au hasard des rencontres, sans plus se fier aux listes établies par les autorités.

« Mon fils, commença-t-il.

– Je ne suis pas ton fils, Privat, prends garde, tes bondieuseries ne marchent pas avec moi, je suis un sorcier bien plus puissant que toi et mes miracles sont immédiatement visibles, mes paroles écoutées et exécutées avec plus d'efficacité que ton Évangile.

– Je sais qui tu es, mais il n'y a ici que des gens paisibles, laisse-nous, pars, je t'en prie..., implora le prêtre bégayant.

– Je déteste me répéter, tu es avec nous ou contre nous, c'est tout, je n'ai pas besoin de toi, mais je te laisse le choix...

pour le moment ». Puis Shatani sorti en claquant la porte. L'abbé Privat ne répondit pas, il n'en avait pas eu le temps, les yeux baissés il regardait sur le sol les traces noires qu'avaient laissées les pieds de l'homme sombre sur le reflet de la croix qui petit à petit disparaissait avec le soleil. Dehors des chants mortuaires avaient commencé, il ne sut qu'enfiler sa soutane, prendre son missel et se diriger comme un spectre vers le cimetière où l'on enterrait déjà la vieille.

L'office funèbre fut vite expédié. La nuit tombait. Lorsqu'il referma son missel, le prêtre eu l'impression d'être seul. Mais, assise derrière lui, une voix demanda : « Mon père, pourquoi n'avez vous rien fait, rien dit ? »

Il se retourna vivement comme s'il s'était agi de sa conscience, parce que la question répondait exactement à ses interrogations. Dans l'ombre il reconnut Espérance assise sur les talons, minuscule. Il essayait de deviner l'expression de son visage parce que sa voix ne laissait rien déceler de son état mental.

« J'ai eu peur. Je ne sais pas, et Dieu…, bafouilla Privat. Et Dieu ne m'a pas guidé, ou je n'ai pas su entendre ses conseils... Je ne sais pas.

– Mais il n'est pas question de Dieu, il est question de vous, de votre courage, de vos valeurs humaines, dit-elle en se relevant.

– Je sais, je sais mais que faire ? » Sa voix tremblait, il sentit deux sillons tièdes parcourir ses joues en feu, il se sentait faible, presque mourant. Il s'approcha d'Espérance et posa sa tête sur son épaule en répétant « je ne sais pas » et la jeune fille, avec ce geste qu'elle utilisait parfois pour consoler l'un de ses frères, lui caressa doucement la nuque en lui disant « tu dois trouver ».

Le plus grand désordre régnait dans l'église. Les corps entremêlés étaient étendus de part et d'autre de la traverse centrale, encombrée de seaux, de bassines et de vaisselle sale. Une odeur d'étable avait remplacé celle de l'encens, l'air était lourd et saturé d'humidité humaine. Couchée sur le dos, Espérance ne parvenait pas à dormir. Elle pensait à la journée qui venait de passer, elle prenait soudainement conscience à tort ou à raison qu'elle avait vieilli. Elle constatait avec une sorte de dédain l'impuissance du prêtre qui s'était laissé aller à pleurer sur l'épaule de l'enfant qu'elle était encore, alors que c'est lui qui aurait dû soutenir la communauté. Consciente d'un danger imminent, elle s'interrogeait sur ce qu'elle pouvait faire, comment elle pourrait protéger son vieux père, ses deux petits frères ? Si Gérard avait été là, il aurait su quoi faire, mais il avait disparu. L'image de son frère aîné l'occupa tout entière. Ce grand garçon solide et intelligent dont le seul défaut n'était que d'aimer trop les filles, mais sans doute parce qu'il avait un trop grand cœur. Jusqu'à présent il avait toujours été là pour elle. Quelques années auparavant, lorsque déjà des menaces pesaient sur la famille, il avait entraîné tout le monde dans la forêt plus au sud où ils avaient vécu quelques semaines avec de grands guerriers que pas un seul des tueurs n'osaient approcher. C'est peut-être là qu'une fois de plus il s'était rendu, sans rien dire à personne. Même grand il avait toujours su rester proche de sa petite sœur, ils parlaient ensemble pendant des heures des sujets les plus variés, de leur vie, de l'école, il lui racontait des souvenirs de leur mère, l'invitait de façon argumentée à se méfier des garçons. Il aimait bien lui montrer, lorsqu'il les croisait sur quelque chemin, les femmes que lui-même avait eues. Curieuse du sujet, Espérance l'interrogeait parfois avec une précision crue. Gérard trouvait toujours les mots, suffisamment imagés mais jamais vulgaires pour répondre, estimant qu'il valait mieux que sa sœur soit une jeune fille avertie et éduquée dans ce domaine, afin qu'elle puisse choisir plutôt que de succomber bêtement à un désir trop violent accru par la curiosité ou l'ignorance. Elle avait tiré de ces conversations une expérience et un savoir théorique qui lui permettaient de contrôler très précisément sa séduction, elle savait les gestes qui plaisent mais n'en abusait pas, les mots qui apaisent ou attisent, mais n'en usait pas davantage parce qu'elle ne se sentait pas encore prête et que son cœur restait à prendre. Certes elle avait connu quelques caresses furtives et timides, sans jamais y trouver la passion ou l'affolement qu'elle escomptait de ce genre de rencontres. Seuls deux hommes avaient compté jusque-là : Gérard et son père, le vieil Eugène, qui depuis quelques mois la traitait avec plus de distance, mais aussi comme une adulte et cela lui plaisait. Elle faisait marcher la maisonnée. Le jour commençait à poindre au-dehors et les oiseaux gazouillaient à tue-tête.

Elle ferma les yeux et s'endormit en imaginant que Gérard lui caressait les cheveux.

Depuis trois jours, rien ne s'était passé. La vie dans l'église s'était organisée cahin-caha, chacun avait son coin pas très confortable, mais suffisamment pour se libérer des fatigues de la journée et de la tension provoquée par les gardes qui entouraient le bâtiment. Les hommes n'avaient pas le droit de sortir, seules les femmes pouvaient aller puiser de l'eau au robinet situé à l'extérieur, ramasser quelques feuilles de manioc dans leurs parcelles, mais devaient toujours être revenues à 16h00. À ce moment on faisait à nouveau l'appel à partir de la liste qui avait coûté la vie à la vieille illettrée. Le borgne n'avait ramené de sa chasse que deux marmots pleurnichants et sales trouvés dans un trou creusé dans une bananeraie. Personne ne les connaissait. Lorsqu'ils avaient arrêté de pleurer, ils avaient réussi à articuler l'histoire de leur mère qui les avait conduit jusque-là après que leur père eut disparu. Deux jours dans ce trou, rien à manger ni à boire que des bananes trop petites et trop vertes qui les avaient rendus malades. Ils avaient aussi raconté l'arrivé du borgne attiré par l'odeur d'excrément comme un limier par le fumet du gibier. Il les avait arrachés du trou, attrapé la mère par les cheveux et traîné tout le petit monde dans la maison. Là il avait battu les enfants, la mère implorant à ses genoux. À moitié assommés, les deux gamins avaient juste entendu leur mère hurler quand le borgne l'avait jetée sur la table et pénétrée avec force. Sa besogne terminée, il avait appelé ses hommes pour qu'ils prennent leur tour, avait attrapé les deux enfants d'une seule main et les avait conduits à l'église. On ne savait rien de leur mère.

L'abbé Privat n'avait pas reparu depuis cette nuit où il avait pleuré. Seul Athanase circulait régulièrement entre les familles, proposant ses services de garçon habile et gentil à tout un chacun. Il pouvait circuler comme il le voulait, et il n'était pas rare que les familles dont les champs se trouvaient trop loin de la paroisse lui demandent d'aller récolter pour eux quelques fruits ou légumes, de ramener un peu de lait ou des œufs qui sinon se perdraient. Plus d'une fois il n'avait plus trouvé ni vache ni poule, alors il se débrouillait. Il exécutait ces tâches avec dévotion, sans rien attendre en échange. Il ne craignait qu'une chose : que l'homme sombre qui s'était volatilisé comme un méchant diable reparaisse. Cela le paniquait quand il y pensait. Il avait essayé de s'en ouvrir au prêtre, mais celui-ci était comme prostré en prière depuis que la porte de la sacristie avait claqué derrière l'homme sombre. Il ne bougeait pas, n'écoutait rien. Athanase avait bien tenté le lendemain d'enfiler ostensiblement sa chemise de baptiste pour l'encourager à célébrer la messe, mais cela n'avait servi à rien. Pas un mouvement, pas un mot n'était venu du Père. La veille, il l'avait trouvé écroulé sans forme sur le sol, simplement endormi. Trop lourd pour qu'il le porte, il l'avait seulement couvert d'une courtepointe. Ce matin, les yeux dans le vague, il l'avait envoyé chercher une bouteille de vin de banane très fort qu'il avait bu d'un trait avant de se rendormir. Depuis il ronflait, seul signe qu'il n'était pas mort. Athanase ne savait pas quoi penser. Jeté soudainement dans une situation nouvelle, sans repère, il préférait agir selon son cœur, Dieu pourvoirait au reste. Il regardait souvent le vieil Eugène qui tirait sur sa pipe. C'est lui qui se débrouillait pour lui trouver un peu de tabac brut, puisque le vieux ne semblait survivre que grâce à cela. Il s'asseyait de temps en temps à côté de lui, grisé par la fumée, attendant qu'Eugène lui dise quelque chose, mais il ne disait jamais rien. Il ne parlait qu'à Espérance, et encore que pour des choses usuelles. Le reste du temps il le passait à jouer avec les deux frères de la jeune fille dans l'église, avec des véhicules fabriqués de bric et de broc, en essayant de ne pas faire trop de bruit parce que le moindre cri résonnait sous la voûte comme le tonnerre.

Athanase ne comprenait pas vraiment pourquoi l'on forçait ces gens à rester là, tandis que d'autres circulaient librement dans le village. Il ne comprenait pas ces hommes armés au-dehors qui, abrutis d'alcool, veillaient tard le soir autour d'un feu devant l'église, échangeant peu de mots et comme perdus dans leurs propres rêves. Certains étaient gentils, lui caressaient les cheveux en passant, mais d'autres lui lançaient des regards accusateurs, lui demandaient pourquoi il servait de bonniche à ces cancrelats. Le plus souvent il préférait ne pas répondre et continuer sa route parce que la parole qu'il avait donnée comptait plus que sa fierté. Il aurait voulu être un homme déjà pour pouvoir les cogner, leur faire ravaler leurs insultes. Mais, trop petit, il profitait seulement de la grandeur de ses sentiments et continuait son bonhomme de chemin en prenant soin d'éviter le borgne qu'il sentait encore plus méchant que les autres tout en l'inquiétant moins que l'homme sombre. Il n'aimait pas cette autorité sans arme qui lui semblait moins contrôlable que la violence bestiale du borgne, il n'aimait pas le regard perçant de l'homme sombre et son allure de Monsieur alors que celui-ci conduisait une bande de soudards. Il avait l'impression en le voyant de quelqu'un qui trompait son monde ou plutôt de quelqu'un qui voudrait dévorer le monde pour mieux le posséder tout entier et cela à tout prix, sans scrupule. Il pressentait une grande perversité dans l'homme sombre, quelque chose de tout à fait étranger à ce qu'il connaissait, alors que le borgne lui rappelait ces enfants cruels qui jetaient des scarabées sur un tas de fourmis rouges, attendant que l'insecte soit à moitié dévoré vivant, agité de spasmes pour entourer le lieu du festin d'herbes sèches et d'y brûler tout le monde.

Un soir l'homme sombre revint. Il était dans une belle voiture, il avait troqué sa chemise blanche contre un uniforme vert olive et portait un pistolet au côté qui, visiblement en imposait à ses hommes, pourtant tous armés de solides gourdins ou de machettes. Il déchargea avec eux des caisses de bières, deux chèvres qui furent immédiatement égorgées, écorchées et mises sur le feu. La surveillance se relâcha autour de l'église, tous les hommes du Nord s'étaient réunis autour de l'âtre et écoutaient les ordres donnés par leur chef.

« Nous devons retrouver les hommes et les femmes qui manquent, ils ne doivent pas être loin. Ici nous sommes tranquilles, personne ne bougera. Faites leurs payer le droit d'aller puiser de l'eau ; s'ils résistent tuez un homme ou deux devant eux, ça les calmera. Comme cela nous n'aurons pas à chercher leurs économies. Amenez le bétail ici selon vos besoins. Demain, un quart des hommes seulement restera ici avec le borgne, les autres avec moi pour le travail ».

Personne ne répondait, enregistrant juste mécaniquement les ordres pour le lendemain, sans poser de question. Très avant dans la nuit, ils burent et mangèrent, encouragés par l'homme sombre. Vers cinq heures, il entraîna ses hommes derrière lui et, le pistolet au poing, se dirigea vers la forêt. Les miliciens restants se postèrent autour de l'église et pour la plupart s'assoupirent. Le borgne alla vers le robinet qui se trouvait devant le bâtiment des prêtres, qui comptait plusieurs chambres dont celle de l'abbé Privat. Il ne lui avait pas pardonné la gifle, et il attendait juste le bon moment pour lui faire sentir la force de sa vengeance. Repu par l'alcool et la viande grillée qui lui avait laissé une épaisse couche de graisse sur les doigts et autour de la bouche, il s'assit, après avoir pris de longues rasades d'eau claire à la fontaine, en pensant à la femme qu'il avait couchée sur une table.

Une silhouette armée d'un seau se dessina sur le ciel pâle, la démarche déterminée et élégante. Il reconnut tout de suite sans pouvoir l'apprécier le port de cette jeune fille au teint sombre et aux traits fins qui l'avait dénoncée au prêtre. Il attendit qu'elle s'approche de lui, qu'elle pose son seau et tende la main vers le robinet. Rapide comme un serpent, il tendit ses doigts et lui attrapa avec force le poignet. Espérance eut un cri. Encore un peu endormie, elle ne l'avait pas vraiment remarqué dans la pénombre de l'auvent. Elle retira sa main qui glissa entre les doigts gras avant même d'avoir reconnu le borgne. Celui-ci se redressa : « Maintenant il faut payer », lui dit-il.

Reprenant un peu de son aplomb elle répondit : « Payer quoi ?

– Payer pour l'eau, répliqua l'homme en posant sa pogne sur le tuyau.

– Je n'ai pas d'argent et cette eau est à nous.

– Rien n'est à vous, vous n'êtes rien, tu dois payer.

– Je n'ai pas d'argent », répéta Espérance en tendant son bras décidé vers le robinet. Le borgne la saisit une nouvelle fois, l'attira vers lui en disant : « On peut s'arranger. »

Elle le repoussa avec toute la force qu'elle pouvait mobiliser, mais son effort n'eut pour seul effet que de la rapprocher encore davantage de l'homme qui la serrait contre lui par la taille, lui bloquant un bras derrière le dos. Il lui faisait mal, il lui soufflait dans le visage une haleine étouffante et la regardait fixement. Elle se rappela un conseil que Gérard lui avait souvent donné : « Tape entre les jambes le plus fort possible ». La cuisse ferme jaillit de sous le pagne et le genou frappa les parties molles du borgne. Un moment elle pensa qu'il l'avait lâchée, qu'il s'affaissait, mais il lui retourna l'autre bras, la tint d'une seule main et de l'autre arracha sa chemise, la poussant sur le sol. Son visage plongea dans la mare d'eau sale qui stagnait là ; sur le ventre, incapable de bouger, elle sentit la main du borgne fourrager dans ses pagnes. Elle cria. Athanase avait vu une partie de la scène, mais n'avait pas tout de suite compris ce qui se passait, mais dès qu'il avait vu Espérance lutter, il était parti vers la chambre du prêtre et l'avait averti. L'abbé Privat avait enfilé une chemise sur son torse encore mouillé par les ablutions matinales et s'était précipité en silence à l'extérieur. Athanase au passage avait ramassé une houe et suivait le prêtre. Lorsqu'il vit le borgne à califourchon sur Espérance, essayant de dégrafer son pantalon, Privat ne pensa pas : il arracha la houe des mains d'Athanase qui l'avait déjà levée avec toute la détermination de ses maigres épaules, et frappa de toutes ses forces avec le dos de l'outil. Le borgne s'écroula sans un cri sur le dos d'Espérance. Elle se releva prestement, repoussant le corps assommé. « Je voudrais le tuer », dit-elle au prêtre tout tremblant. Il rendit la houe à Athanase interdit et repartit vers sa cellule.

« Quand il se réveillera, il va tous nous tuer », dit Athanase comme pour lui-même. Il courut vers l'église pour chercher le vieil Eugène. Il le trouva déjà assis devant le porche en train de fumer, les yeux dans le vague. Avec des paroles saccadées, il lui raconta rapidement ce qui venait de se passer. Eugène fut comme traversé d'un frisson, tout son corps sembla se réveiller de l'apathie qui l'avait saisie depuis qu'il s'était installé dans l'église sous la tutelle d'Espé. Il déplia ses longs membres secs et ridés et entra dans l'église, semblant chercher quelque chose. Il revint sous le porche où l'attendait Athanase. « Vous ne pouvez pas sortir, lui dit le petit, pas par là ». Il lui prit la main et l'entraîna vers la sacristie où une petite porte ouvrait sur l'arrière de l'église où se trouvait Espérance. Rapidement, comme des ombres, ils passèrent à l'extérieur, se méfiant d'une sentinelle moins saoule que les autres. Eugène passa devant, sortit de sa manche un long couteau de forme un peu courbe, enjamba le borgne, se pencha sur lui et d'un geste rapide et précis lui trancha la gorge. Puis il se tourna vers Espé les bras croisés, dans la même position que celle où l'avait laissée Athanase. « Rentre ma fille », lui dit-il. Elle prit le seau et partit vers l'église. Eugène fit signe à Athanase de prendre les pieds du borgne, se saisit des épaules et ils l'emmenèrent jusqu'aux latrines, écartèrent deux planches et le poussèrent à l'intérieur. Le corps fit un bruit mat en perçant la surface mi-solide mi-liquide et disparut immédiatement.

Eugène essuya son couteau sur un vieux journal qui traînait et pris la main du gamin. Tous deux se dirigèrent vers la chambre du prêtre, frappèrent à la porte.

« Entrez », répondit une voix cassée. L'abbé Privat était assis sur son lit de fer, la tête dans les mains. Il tourna son visage vers ses visiteurs.

« Pardonnez-moi mon père, dit le vieil Eugène avec respect. J'ai deux choses à vous demander.

– Je t'écoute, répondit l'abbé, qui avait retrouvé par réflexe le ton du confessionnal.

– D’abord, j’ai tué le borgne et je demande pardon à Dieu.

– Que veux-tu que je te dise ? interrogea le prêtre, j’ai failli moi-même, j’ai bien cru que je l’avais tué, à toi de savoir si ce que tu as fait est bien ou mal.

– Mais mon père, ce n’est pas une réponse de prêtre, vous devez savoir, me dire quoi faire.

– Quelle est la seconde chose que tu voulais me demander ? » dit sèchement le prêtre. Eugène était étonné, c’était bien la première fois que le curé semblait ne pas avoir une réponse toute prête à une question. Mais le plus important n’était pas cette fois sa conscience.

« Mon père vous êtes notre pasteur, vous devez protéger vos brebis, au moins les plus fragiles, protéger les femmes, les jeunes filles, les enfants de ces tueurs, trouvez un moyen.

– Comment, que puis-je faire ? Je suis impuissant devant ces hommes, je ne peux rien faire, je suis dans le même bateau que vous ?

– Priez et vous trouverez plus sûrement que dans le vin », asséna le vieil homme qui avait remarqué, renversée au pied du lit, la bouteille poisseuse qui avait contenu l’alcool. Il se leva et quitta la pièce sans même refermer la porte.

Blessé, l’abbé Privat n’avait su quoi répondre. Il s’était persuadé qu’il ne pouvait rien, et convaincu de son impuissance, il s’était résigné à rester enfermé comme un ermite, sans regarder ce qui devait se passer. Athanase, comme à l’accoutumée, se racla la gorge.

« Qu’est ce que tu veux toi ? » lui dit le prêtre. Surpris par la violence de la question et par le ton du curé, Athanase décida de parler tout de même. Après tout, le prêtre était un peu comme un ami ou un oncle pour lui. Il ne devait pas lui manquer de respect, mais trouver les mots adéquats à l'expression de ses pensées.

« Mon père, je crois que papa Eugène a raison, ils vont tous nous tuer, il n'y a que vous qui pouvez faire quelque chose, parlez à ces hommes, ils vous écouteront, profitez de l'absence du borgne et de l'homme sombre et protégez tous ceux que vous pourrez ».

L'abbé Privat resta un long moment avant de se prononcer, étonné par la détermination que le gamin avait mise dans son petit discours. Il avait décidément plus de courage que lui. Déjà dans l'église, il n'avait pas fui devant Shatani, il avait levé les bras contre le borgne avant lui, et maintenant c'est lui qui lui disait quoi faire.

« Aide-moi à me vêtir s'il te plaît, prend la robe noire, le faux-col et passe moi mes meilleures chaussures ».

Athanase, satisfait, obéit rapidement. En quelques minutes, le prêtre avait retrouvé fière allure et son visage décomposé reprit les traits de l'autorité et du respect conformes à son rang. Il sortit, Athanase sur les talons, et marcha droit sur un garde vautré à même le sol au pied d'un des murs de son église.

« Mon fils, où est ton chef ? », demanda-t-il à l'homme d'une voix ferme et précise après l'avoir réveillé d'un coup de pied dans la jambe. L'homme ne vit d'abord que des souliers bien cirés, puis une robe d'un noir profond, sans marque, sans tache, enfin le visage du curé souligné par le petit carré blanc qui sortait de son col. Il se leva d'un bond, et comme au garde à vous dit : « Mon père, que puis-je pour vous ? » puis il s'inclina respectueusement.

« Ton chef !

– Je pars le chercher », répondit l'homme.

L'abbé et Athanase suivirent le milicien qui avait du mal à marcher droit, même avec l'aide de l'épais bâton qui ne le quittait jamais. Ils s'arrêtèrent devant le porche attendant son retour.

« Personne ne sait où il est, mais que voulez-vous mon père ?, interrogea-t-il obséquieusement en reparaissant.

– Vous n'avez donc pas de chef ? », dit le prêtre. Puis, conscient de son ascendant sur ces hommes simples, il lança : « Rassemblez les femmes, je ne veux pas de fornication dans la maison du Seigneur et comme vous semblez vouloir garder ces gens encore longtemps ici, je souhaite y mettre bon ordre. Désormais les femmes coucheront dans notre presbytère, qu'elles apportent leurs matelas. »

Le milicien, rejoint par deux de ses compagnons, échangea des regards inquiets avec eux. Ils ne savaient pas quoi faire et hésitaient à obéir au prêtre. Mais après tout ils n'étaient pas responsables, ce serait le borgne ou le curé qui prendrait si Shatani n'était pas content. « Allons », rappela le prêtre, et comme des automates, ils se mirent à rassembler les femmes, les jeunes filles, les fillettes et les nourrissons en bousculant les grabats. Les hommes ne dirent rien. Les garçonnets regardaient, certains aidaient leur mère à emballer quelques effets. Espérance se leva, regarda son vieux père. Il avait les yeux humides, comme d'avoir trop fumé. Mais son regard, malgré le sourire sur ses lèvres, exprimait tout autre chose, mi-tristesse mi-résignation.

« Ma fille, dit-il en la serrant dans ses bras, je ne t'ai pas vu grandir mais je suis fier de ce que tu es devenue, j'espère juste avoir été un bon père pour toi.

– Merci père, et repensant au borgne, elle reprit : merci pour tout ».

Les deux petits frères observaient en silence cette scène inhabituelle de tendresse en public. La petite servante, chargée d'un matelas qu'elle avait placé sur sa tête, ouvrit la marche, suivie d'Espérance.

Les femmes se répartirent dans le bâtiment du presbytère, presque vide sauf la chambre du prêtre à l'extrémité droite. Les plus âgées dans les chambres de gauche, les plus jeunes dans les autres. Cette migration avait mis un peu de mouvement dans la monotonie des jours et l'on pouvait entendre quelques rires timides, quelques babillages. L'abbé Privat avait supervisé l'installation et, satisfait, regagna son logis. Athanase après avoir aidé quelques mères encombrées de nouveau-nés, retourna auprès du vieil Eugène, dans l'espoir d'un improbable dialogue.

Lorsque la nuit tomba à nouveau, l'homme sombre revint avec ses acolytes. Ils encadraient une dizaine de femmes et d'enfants en loques, l'air apeuré. Pas un seul homme ne les accompagnait. Ils poussèrent leur troupeau dans l'église.

« Où est le borgne ?, demanda Shatani.

– On ne l'a pas vu de la journée chef, on ne sait pas, peut-être à s'occuper d'une chienne quelque part ».

Shatani savait que le borgne n'était pas très intelligent, mais compensait ce handicap par une obéissance aveugle à ses ordres. Il ne serait pas parti comme cela, et si une envie pressante l'avait taraudé, il se serait arrangé pour l'assouvir sur place, ce n'était pas les femmes qui manquaient.

« Trouvez-le-moi ! », cria-t-il.

Après plus d'une heure, les hommes revinrent bredouilles. Les bras ballants, alourdis par leurs armes, ils regardaient le sol comme si le borgne se trouvait sous leurs pieds. Ils appréhendaient la colère de leur chef qu'ils sentaient grandir. Shatani marcha un peu en rond avant de rentrer dans l'église. Il constata avec surprise qu'il n'y avait plus aucune femelle dans la salle. « Mais où sont donc les femmes ? Vous ne les avez pas toutes tuées, abrutis ? », demanda-t-il à ses hommes qui rentraient de plus en plus la tête dans les épaules.

– C'est le prêtre, il ne voulait pas de fornication dans la maison de Dieu, dirent-ils.

– Qu'on m'amène ce prêtre... ou plutôt non j'y vais ! Deux hommes avec moi ».

Il marcha jusqu'au presbytère, toutes les portes étaient fermées et l'on ne distinguait que la faible lueur de quelques chandelles à travers les étroites fenêtres. Un vague murmure trahissait également la présence d'une population inhabituelle dans le bâtiment. Shatani n'y prêta pas attention, ne s'arrêta pas, marchant directement vers la porte derrière laquelle se terrait le curé. Il ne frappa pas l'huis, mais défonça littéralement la porte du pied et, son revolver dans la main, entra dans la pièce. L'abbé Privat était là, assis à la petite table qui lui servait de bureau, en train d'écrire à l'évêque. Il se leva et reçu un violent coup de crosse au visage ; le nez en sang, il s'affala sur le lit et rebondit face à l'homme sombre, un second coup le colla au matelas dont il ne se releva pas. Hébété, il regardait Shatani. « Mon fi... » balbutia-t-il entre deux bulles de sang, s'apercevant qu'il avait perdu des dents.

« Ferme-la !, dit Shatani. Qui t'a permis de donner des ordres ?

– Personne, j'ai pensé... – un nouveau coup de crosse finit d'anéantir le peu de courage qui restait au prêtre.

– Ici je pense, toi tu te tais et tu rampes. Je t'ai dit déjà de choisir ton camp, quelle est ta décision et qu'on en finisse, dit Shatani.

– Je t'en prie, épargne-moi, je ne suis rien, mon camp est le tien », sanglota Privat. Soudainement il repensa à cette nuit où il avait retrouvé Espérance au bord de la tombe et qu'il avait pleuré. Le mélange de peur et de tristesse l'emporta et il recommença à verser des larmes. Dégoûté, Shatani lui dit avec dédain : « Si tu es avec nous, tu dois nous aider, il manque encore douze personnes sur la liste, d'ici à ce que nous les retrouvions tu m'obeis et tu m'aides.

– Tout ce que tu veux, Shatani.

– Mais d'abord, dis-moi où est le borgne », dit Shatani sur le même ton. Privat hésita une fraction de fraction de seconde, regarda le revolver se lever, il revit la langue d'Espérance pendant la communion et dit : « C'est le vieil Eugène, il l'a tué, il me l'a dit ». Shatani abattit son bras pour le compte ; il abandonna le cureton à la soutane souillée de merde, inanimé dans sa cellule puante, et repartit vers l'église.

Shatani n'avait pas prévu que le prêtre se rendrait si facilement, il paraissait si solide. Les évêques lui avaient dit qu'il était l'un des meilleurs et donc l'un des plus difficiles à convaincre, et l'autre s'écroulait comme une limace gluante, se liquéfiait littéralement au moindre coup, semblant même perdre la foi qui rendait tous les autres si dociles. Il eut honte en pensant que cet homme était comme lui de la race des élus, si longtemps opprimés. Il se dit que c'était justement à cause de loques comme lui que les cafards avaient dominé si longtemps, et encore aujourd'hui, il trouvait le moyen de protéger ces fausses princesses, sans doute fasciné par l'une de ces créatures ensorceleuses. « Même les prêtres », se dit-il à part lui. Il en avait connu beaucoup, lui, depuis quelques semaines de ces Tutsies arrogantes et fières. En moins de deux elles étaient devenues des esclaves soumises, prêtes à ses moindres caprices. Il savait bien que seule la peur les menait, la peur de ce que lui pouvait infliger, décider. Un jour le fouet, un autre ses hommes... Mais elles revenaient toujours à lui, le suppliant d'user d'elles comme il voudrait pourvu qu'il soit content, qu'il soit satisfait et qu'elles survivent un jour de plus. Il était dégoûté aussi par cette soumission. Il ne prenait plus de plaisir qu'en tuant ou en faisant obéir ses hommes. Les femmes l'ennuyaient profondément même s'il en gardait toujours six, en tournante, dans une villa pour se servir de temps en temps et surtout pour plaire à ses hommes. Et ces hommes, il les méprisait, ils n'avaient rien compris, ces paysans obscurs, ces niais qui ne faisaient qu'assouvir des appétits primitifs, des fantasmes sans queue ni tête ou plutôt avec leur queue mais sans leur tête, obsédés qu'ils étaient de savoir si les femmes tutsies étaient vraiment différentes des leurs. Lassé des femmes, du pouvoir après seulement quelques semaines, il avait décidé de s'attaquer à Dieu. Après avoir violé indifféremment quelques nonnes pour voir si elles continueraient à prier béatement au moment où elles mouilleraient, il avait décidé de détester les prêtres. Eux étaient parfois à son échelle, eux pouvaient prétendre lui résister, mais ce Privat déjà moribond l'avait déçu. Il espérait largement mieux de ce curé qu'on lui avait tant vanté. Seule raison de sa venue dans ce bled paumé, Privat n'était pas un adversaire. « Vraiment pas un adversaire, se dit-il pensif, mais sait-on jamais ? »

Shatani revint sur ses pas. Il retourna dans la cellule du curé, demanda à ses hommes de remplir un seau d'eau fraîche. Il entra dans la chambre où rien n'avait bougé. Il prit de l'eau dans ses mains et la jeta sur le curé. Privat ouvrit les yeux. Il vit Shatani. Il savait qu'il était là mais ne se reconnaissait pas lui-même.

« Lève-toi », lui ordonna Shatani. L'abbé se leva.

« Change ces vêtements puants et redevient un homme », lui dit encore le chef. Privat se déshabilla ; au lavabo il se rinça sans pudeur alors que trois hommes le regardaient, enfila ses frusques et ses sandales.

« Viens », lui ordonna Shatani. Arrivé devant l'église, il ajouta : « Montre-moi celui que tu appelles le vieil Eugène. »

L'abbé marcha vers l'autel. Dans sa tête se heurtaient des pensées contradictoires. À l'entrée il eut le réflexe de s'agenouiller, mais se retint au dernier moment. Il regarda le Christ en face de lui et pensa à Espérance. Plus jamais il ne verrait sa langue si rose... Sauf s'il le voulait vraiment. Et Dieu sait qu'il le voulait. En marchant vers Eugène, il se dit que ce vieil homme sans force, pécheur parce qu'il avait tué, était son dernier obstacle. Il marcha droit sur lui.

« C'est lui ». À ce moment, Eugène se dressa de toute la hauteur de ses jambes, le couteau dressé. Une incroyable détonation retentit et il s'affala sur le sol. Shatani fit un simple signe à ses hommes qui emportèrent le vieillard à l'extérieur.

« Alors c'est toi qui as tué le borgne ? », dit Shatani. Le vieux ne répondit rien. La balle qu'il avait dans la jambe lui faisait mal. Il sentait son sang couler et sa vie partir inexorablement. Il ne pouvait bouger. Il pensa en désordre à Gérard, à sa femme qu'il avait tant aimée, à Espé. Il se remémora sa jeunesse : dans la force de l'âge, le Roi le considérait comme le meilleur danseur Intore. Il se souvint des cris, des gestes, de la crinière qu'il portait alors. Au bout de son bras était la lance, de l'autre côté le bouclier. Sur sa tête flottait le raphia, et dans sa gorge couvait un rugissement. Il tourna la tête, rien n'avait bougé, seul Athanase qui lui rappelait tant Gérard petit regardait la scène, caché dans l'ombre. D'un seul bond il était sur le prêtre. Des mains l'agrippèrent, des coups lui lacéraient le dos, mais il fonçait comme la foudre vers son but en hurlant. Ses dents se plantèrent dans la chair, il sentit le goût du sang avant de deviner dans son corps la chaleur du plomb. Soudain il ne sentit plus rien. Il ne vit que Gérard sous un arbre centenaire en train de parler avec Espé, sa fille.

« Relevez le prêtre », dit simplement Shatani.

L'abbé Privat était cloué au sol par le poids d'Eugène dont toute la force était concentrée dans les mâchoires tétanisées sur son épaule. Il sentait le sang couler. Il touchait le corps encore chaud de sa main en essayant de repousser le cadavre, qui petit à petit lui communiquait sa froideur. Ces dents faisaient mal. Privat était en colère. Il se releva péniblement et rien n'avait bougé. Il devait sa vie à Shatani, sinon pour sûr, le vieux l'aurait égorgé de ses dents, de ses ongles. Il sentit aussi quelque chose de dur qu'il attrapa : un couteau un peu courbe, légèrement taché de sang.

Personne d'autre n'avait bougé. Tout le monde regardait encore le corps du vieux, si fragile et si plein de force. Certains auraient aimé mourir comme cet homme. D'autres détournèrent simplement leur regard. Shatani rangea son pistolet dans son holster d'un geste étudié et cracha sur Eugène. Son crachat frappa le visage du vieil homme dont les yeux défiaient encore l'abbé. D'un coup de pied il retourna le corps pour ne plus voir ces yeux. Puis il regarda le curé. Après un silence il lui dit : « Tu es avec nous alors. » Privat ne bougea pas. Seule sa main massait l'épaule encore endolorie. « Fermez les portes de l'église », dit encore Shatani à ses hommes. Une ombre fugace s'éclipsa sans que personne ne la remarque. Les portes se refermèrent. À l'intérieur personne n'avait bougé et l'on pouvait même entendre des ronflements paisibles.

Les geôliers avaient commencé leur basse besogne. Une fois séparées des hommes, les femmes étaient vraiment à leur merci. Au lieu de les protéger, la mesure du prêtre avait exposé toutes les mères et les épouses de l'aile gauche aux pires tortures. Ils les laissaient en vie pour le moment, simplement pour mieux s'en servir. Les miliciens n'osaient pas encore approcher de la partie droite du bâtiment, encore emprunt du respect attaché au pasteur. L'abbé Privat était rapidement devenu un autre homme, plus de bonté dans son regard, plus de douceur dans ses gestes. Conscient de l'humiliation qu'il avait subie et qui s'était répandue dans le camp comme une traînée de poudre, il avait également réalisé le pouvoir temporel dont il disposait désormais. À sa disposition il avait une bonne dizaine de jeunes filles dont certaines n'étaient même pas encore pubères. Chaque soir il en prenait une ou deux au hasard, les entraînait dans sa cellule où il leur ordonnait de faire des choses, les battait tout en ingurgitant des quantités terribles de vin de banane. Terrorisées et rendues à l'état d'esclaves soumises, les jeunes filles s'exécutaient, passant sous le prêtre, se retournant quand celui-ci le demandait, essayant de ne penser à rien. Étrangement, il n'y avait pour le moment qu'une seule chambre que l'abbé s'interdisait, la plus proche de la sienne, celle où était Espérance. Il savait bien que souvent des cris traversaient les murs de briques, que dans la journée les fillettes racontaient ce que lui leur faisait, mais il n'osait pas y aller la nuit comme si les dents d'Eugène avaient instillé en lui un vaccin ou un poison qui l'empêchait de s'approcher de sa fille. En revanche la journée, il allait visiter Espérance qui vivait là avec sa petite servante, il apportait des fleurs, des robes qu'il avait arrachées aux autres, des dessous qu'il avait fait laver. Il venait toujours très propre et presque sobre pour parler. Espérance ne comprenait pas très bien cette attitude qui l'épargnait, mais savait qu'elle devait en profiter pour se sauver.

Dans l'église, les hommes n'avaient plus aucun contact avec l'extérieur, encore moins avec leurs femmes recluses. Le matin on en faisait sortir quelques-uns uns qui ne revenaient jamais, on entendait juste des cris, des bruits mats et l'on savait qu'ils étaient morts. Chacun attendait son tour sans rien faire, sans rien dire. Résignés, affamés, certains avaient déjà perdu l'esprit, restant couchés toute la journée et baignant dans leurs excréments. D'autres tournaient en rond en marmonnant des mots sans forme. Lorsque la porte s'ouvrait, Shatani désignait ceux qu'il voulait voir mourir, il appelait quelques hommes et toujours le prêtre. En fait, s'il n'avait pas trouvé en lui un adversaire, il avait découvert un rival dans la cruauté. Privat faisait preuve d'ingénuosité, comme en compétition avec Shatani, trouvant toujours de nouvelles tortures, exécutant ces hommes sans forces en les regardant droit dans les yeux et faisant durer le plus possible leur agonie. Une fois, après avoir vu l'un des hommes que l'on allait tuer, il repartit vers son presbytère. Shatani pensa que Privat ne pouvait plus tuer et se réjouit de cette victoire, mais il le vit revenir, tirant par le bras une petite fille à moitié nue aux yeux hagards. Lorsqu'elle vit son père, elle se jeta dans ses bras en pleurant, l'homme à genoux l'avait à peine reconnue mais la serrait de toutes ses forces contre lui.

« J'ai baisé ta fille, je l'ai prise dans tous les sens, je lui ai tout appris », dit Privat avec un ricanement. L'homme ne dit rien, ni sa petite fille. Devant ce silence, Privat les frappa indifféremment avec une forte chicotte.

« Tu devrais l'essayer aussi avant de mourir, tu verras comme elle est douce et chaude ». L'homme leva les yeux et reçut le roseau en plein visage ; aveuglé par le sang, il ne bougeait plus. Privat le força à s'allonger sur sa fille et lui ordonna de bouger. La petite avait fermé les yeux comme le prêtre lui avait vu faire tant de fois. Voyant qu'il ne la prenait pas, Privat se saisi d'une lance et cloua les deux corps au sol. Shatani ouvrait de grands yeux. Ses hommes, dont certains s'étaient détournés, restaient stupéfaits. On emmena les corps dans la fosse creusée à une centaine de mètres de l'église et on les laissa pourrir là avec les autres.

Dans l'église, seulement deux garçons semblaient avoir réussi à conserver des forces. Les deux frères d'Espérance n'avaient pas perdu la tête, ils se concertaient en permanence. La nuit une ombre se glissait à côté d'eux, les mains chargées, et s'attardait quelques minutes avant de disparaître. Dans un chuchotement les deux frères échangeaient des poignées de maïs ou de haricots, quelques bananes qu'ils enfournaient avidement. Une nuit sans lune, Athanase rejoignit les deux gaillards dans la travée avec la même discrétion qu'à l'accoutumée. Il leur donna la nourriture, et leur annonça : « c'est pour ce soir ». Les deux frères tremblèrent d'excitation et se mirent sur leurs pieds dans un bel ensemble. Athanase leur avait dit pour le vieil Eugène, il leur avait expliqué pour Espérance sans entrer dans les détails parce qu'il n'en avait pas, disant seulement qu'elle était vivante et n'avait pas souffert semble-t-il le calvaire des autres. « Vous devrez partir sans vous retourner, courez dans les bananiers, puis dans les eucalyptus sans vous arrêter et en faisant le moins de bruit possible, Gérard vous attend dans l'étable qui est derrière chez vous ». Les deux frères n'en croyaient pas leurs oreilles, Gérard venait les chercher. Ils demandèrent s'ils ne pouvaient pas emmener leur sœur, « je m'en occupe, ne vous inquiétez pas, ce serait trop dangereux et elle n'est pas prévenue », répondit Athanase. Comme il disait qu'il allait s'en occuper et qu'ils avaient survécu grâce à lui, ils le crurent. Les trois enfants disparurent derrière une colonne, pénétrèrent dans la sacristie, mais au lieu d'utiliser la porte du fond, ils allèrent vers le coin opposé où Athanase avait aménagé un trou en descellant des briques au ras du sol. Il savait qu'il n'y avait pas de sentinelle à cet endroit. Sans bruit ils rampèrent vers l'extérieur, rebouchèrent le trou, jetèrent un œil à droite puis à gauche et un par un se cachèrent dans la bananeraie. Rien n'avait bougé. Athanase leur souhaita bonne chance et disparut. Les deux frères se mirent à courir dans la nuit épaisse et fraîche.

Alors qu'il revenait sur ses pas, Athanase entendit derrière lui le craquement d'une branche cassée, il s'aplatit sur le sol et regarda qui venait. Il reconnut immédiatement l'homme sombre qui faisait une ronde surprise. Jusqu'à présent, il avait réussi à l'éviter, mais là que pouvait-il faire ? Il essaya de rentrer le plus possible dans le sol qui sentait fort les feuilles en décomposition, et ne bougea plus. L'homme sombre passa à quelques mètres de lui sans noter sa présence. Athanase resta là encore une ou deux heures de peur de tomber dans un piège. Pendant cette interminable attente, il se remémora sa rencontre avec Gérard. Le jeune homme toujours souriant au teint clair était devenu un soldat. Costaud, les muscles forts et élastiques, la démarche souple d'un félin, il était employé à des missions de reconnaissance chez l'ennemi : il devait compter le nombre de soldats, les armes, définir avec précisions les positions. À chaque minute il risquait de tomber sur une barrière, de se faire tuer mais il poursuivait avec assurance et efficacité. Athanase avait eu une peur bleue lorsqu'il était sorti d'un trou minuscule creusé dans le sol comme un diable de sa boîte. Il avait mis sa main sur la bouche de l'enfant et une lame froide et coupante sur sa gorge. Il lui avait parlé doucement à l'oreille avant de lui libérer les lèvres. Alors seulement il avait reconnu

Athanase. Celui-ci avait tout raconté : les hommes massacrés au compte-gouttes, les femmes violées, battues, le suicide de la voisine, Espérance emmurée, les deux frères. Gérard avait pleuré, il aurait voulu pouvoir libérer tout le monde, mais il était seul, il avait des ordres. Il avait convenu avec Athanase de se retrouver une semaine plus tard, lui avait laissé de l'argent et la charge d'organiser l'évasion de ses frères, ceux-là deviendraient des soldats comme lui. Pour Espérance, Athanase avait promis une première fois de s'en occuper et Gérard pensait qu'Espérance était forte, qu'elle résisterait, qu'elle survivrait. « Tout a marché comme prévu, pensa Athanase, nous avons eu de la chance. » Il se leva doucement et rejoignit sa cachette au village, se demandant comment il allait faire pour Espérance.

L'abbé Privat s'entretenait depuis plusieurs heures avec Shatani. Ils parlaient autour d'une bière de la meilleure manière de finir leur travail, les autorités leur avaient donné une semaine pour tuer tout le monde et il restait deux bonnes centaines, peut-être plus selon la liste et en comptant les femmes et les enfants, de gens à tuer. Même en y mettant tous ses hommes, Shatani savait qu'avec seulement des armes blanches et un revolver ils n'y arriveraient pas. Sans compter qu'il fallait se débarrasser des cadavres.

« Il nous faudrait des armes, je pourrais demander au commandant de la brigade quelques fusils et des grenades, dit Shatani.

– Oui ce serait sans doute la solution, surtout des grenades. On peut aussi bien fermer l'église et mettre le feu », répondit Privat sans enthousiasme, en pensant que ses petits jeux pervers étaient peut-être terminés. Il se sentait tellement fort en tuant ces hommes, qui l'avaient vu s'humilier, dont il avait pendant si longtemps supporté les joies et les peines, que la perspective que ça s'arrête le déprimait.

« Mais ce sera encore pire pour faire disparaître les corps, observa mécaniquement Shatani. Les armes c'est mieux, et puis cela fera passer aux hommes leur déception », ajouta-t-il en faisant référence aux réticences de ses sbires à se séparer des quelques femelles dont ils estimaient n'avoir pas encore tiré le meilleur parti.

« Je partirais demain matin, je te laisse le commandement de la place, conclut-il en souriant. Je compte sur toi. »

Privat était très satisfait de cette sorte de promotion mais n'en laissa rien paraître. Il fit un simple signe de tête et se leva, ramassa au passage deux bouteilles de vin de banane et partit vers sa cellule. Là, assis sur son lit, il ingurgita une bouteille entière. Très vite il sentit la chaleur se répandre dans tout son corps, ses yeux se marquèrent de rouge, les cernes se creusèrent et noircirent sous ses yeux. Il poussa un profond soupir et éprouva une onde de force à travers tous ses membres. Il regarda le crucifix qu'il avait laissé au-dessus de son lit. Il se leva et le décrocha comme à chaque fois qu'il sentait le désir de femme et de sévices monter en lui. Il ouvrit la porte après avoir allumé une grande lampe tempête qui éclairait tous les recoins de la pièce. Il marcha quelques pas et entra dans la troisième cellule. La plupart des femmes étaient endormies déjà. Il se demanda dans un dernier éclair de lucidité comment elles pouvaient encore dormir après tout ce qu'elles subissaient dans la journée. Il leva la lampe et regarda celle qu'il prendrait pour ce soir. Il la chercha dans les visages enfouis, les soupirs et les raclements de gorges, dans les bras épars et les pieds ensanglantés par les allers et retours dans les buissons alentours. « Heureusement, se dit Privat, que je ne partage pas avec ces abrutis sauvages. » En effet, les miliciens avaient sans même se concerter décidé de ne pas toucher aux jeunes filles que le curé s'appropriait. Elles ne souffraient donc que par lui. Lorsqu'il reconnut l'une de ses préférées, une jeune aux cheveux ras avec un long cou et de fines oreilles, des petits seins ronds et très fermes avec des tétons sombres et courts pas encore déformés par l'allaitement, il vit son pantalon se bomber. Il aimait son cul et son sexe presque imberbe dont les lèvres allongées faisaient comme des ailes. Il aimait la frapper parce qu'alors elle pleurait en silence sans crier comme les autres, et que le sang perlait sur ses cuisses pendant qu'il la prenait. Il la secoua sans ménagement en lui attrapant le bras, elle ouvrit les yeux et tout son visage prit une expression de terreur affolée qui redoubla l'érection du prêtre. Il l'entraîna au-dehors à peine vêtue, l'amena dans sa chambre et ferma la porte, posa la lampe sur la table. Un peu plus loin, les sentinelles ricanaient de ces jeux d'ombres.

Privat s'approche de la petite et d'un coup déchire sa chemise, arrache le pagne sous lequel elle porte une jupe et un short. Elle ramène ses bras marqués de bleus devant sa poitrine, les yeux baissés. Privat la regarde avec un mauvais sourire. Il s'empare d'une bouteille et en vide la moitié, attrape la tête de l'enfant et lui enfourne le goulot dans la bouche pour qu'elle avale tout, elle n'essaie même pas de se débattre et boit le liquide dont elle a tout de suite reconnue l'odeur forte et l'amertume sur ses lèvres. « Déshabille-toi », lui ordonne-t-il. Elle ne bouge pas, alors il brise la bouteille vide sur le montant du lit et avec le tesson déchire la jupe, le short et les chairs. Il la jette sur le lit, elle n'a toujours pas fait un bruit mais a placé une main devant son entrejambe. Elle a envie de fuir, mais elle sait qu'il ferme toujours à clef pour ne pas être dérangé comme il le lui avait précisé la première fois. Alors elle ferme les yeux ; l'alcool aidant, elle croit pouvoir sombrer dans un rêve, mais le curé la secoue. Il prend la troisième bouteille et la boit, en verse sur le corps traversé de sueurs froides et lèche. Sous les bras, le vin prend une saveur poivrée, la bouteille dans une main il se dévêt, il veut qu'elle le regarde et lui tourne la tête, fouille ses orbites humides. Il boit encore et approche la bouteille du bas ventre, écarte ses bras et ses jambes et verse le vin dans ses entrailles. Elle sent la brûlure mais ne desserre pas les dents. Il va et vient avec la bouteille et remplace l'objet par son sexe, violemment, en profondeur. Elle a un sursaut, des larmes coulent sur ses joues. Il a envie qu'elle crie pour une fois, l'alcool n'a plus d'effet sur lui, il est vraiment lui-même et veut la posséder plus que jamais. Gêné par les lèvres, il saisit le tesson de verre qui traîne sur le lit et coupe, le sang jaillit et il bouge de plus belle, quand la porte s'ouvre.

Athanase voit le sang partout jusque sur les murs. Ses yeux voient le prêtre sur l'enfant dont le corps semble sans ressort, les yeux révulsés, la tête bancale. Le prêtre sourit et lui fait signe de la main, mais Athanase s'enfuit. Privat réalise que le corps dans lequel il est enfoncé est mort, il le secoue, le retourne. Il se lève, ramasse la dépouille et, nu, la jette dans la fosse. Il a perdu, elle n'a pas crié. Il rentre dans sa chambre, se lave, complètement dégrisé, se rhabille avec une sensation d'inachevé ; il boit, il a besoin d'un défi et il sait où le trouver.

Espérance n'attendait jamais de visite. Depuis qu'elle était confinée dans cette pièce, elle ne pensait qu'à sortir, tout en ayant une vive peur de se risquer à l'extérieur. La petite bonne était la seule personne humaine qu'elle rencontrait dans la journée et, trop jeune, un peu idiote, elle n'était pas vraiment une compagnie. On avait interdit à Athanase le quartier des femmes, et elle n'avait même plus le plaisir de son sourire. Espérance voyait venir Privat avec des cadeaux, son sourire mielleux et faux. Elle se doutait que quelque chose devait se préparer ou qu'en tous les cas elle devait se préparer à quelque chose. Son instinct de femme intelligente, qui malgré son jeune âge avait compris beaucoup des choses de la vie, la poussait à se méfier. C'est pourquoi lorsque Privat cogna à sa porte, elle ne fut pas surprise.

Elle le fit entrer sans se lever, juste en lui donnant la permission de pénétrer dans sa chambre d'un ordre sec. Privat entra avec ce sourire faux qui désormais caractérisait sa physionomie. Il fit un grand geste comme pour l'embrasser, mais elle ne bougea pas même un cil.

Privat reprit sa face de carême, ce sourire faux qui lui servait lorsqu'il était encore prêtre à dissimuler son ennui. Il regarda Espérance dans les yeux, la détailla des pieds à la tête avec un air concupiscent, qu'il effaça aussitôt de son visage pour ne pas l'effaroucher. Espérance ne disait rien, elle attendait simplement qu'il engage la conversation, ne sachant pas pourquoi il était là, dans cette cellule, et craignant que le confort relatif qu'elle connaissait jusqu'à présent ne soit soudainement brisé. Elle se sentait petite et fragile face à la violence des derniers jours, face à tous ces hommes sanguinaires et sans pitié qui aujourd'hui régnaient en maître sur les destinées.

Lorsqu'elle vit Privat s'approcher sans rien dire mais avec un sourire mauvais sur les lèvres, elle fut littéralement prise de panique. Il lui prit le bras, le serra très fort, la força à se lever. « Tu es à moi », dit-il dans un souffle fétide qui l'asphyxia. Il posa ses lèvres baveuses sur sa bouche qui resta obstinément fermée, malgré la langue qui fourrageait avec violence. Elle eut alors comme une illumination, elle comprit ce qu'il voulait, que ce que le borgne avait tenté de lui infliger, Privat pouvait lui faire subir. Elle ne pouvait plus compter que sur elle-même. Elle puisa dans ses maigres forces physique le moyen de se dégager, mais rien n'y fit. Alors elle se dit qu'une femme est toujours plus faible qu'un homme, écrasée par le poids et les muscles. Mais il lui restait sa tête et elle se résolut à se servir de cette belle tête dont rêvait tous les garçons et que même Padiri maintenant voulait posséder.

Elle leva les yeux sur Privat et lui dit : « Je sais que tu me désires, mais ton plaisir sera d'autant plus grand si je suis prête également. Ici devant la servante, en pleine journée, rien n'est possible, mais si tu reviens ce soir, je te ferai goûter aux plus grands plaisirs », dit-elle d'une voix suave.

Interloqué, Privat desserra son étreinte et observa son interlocutrice, sans comprendre. Maintenant qu'elle lui proposait l'amour et non un simple viol, il se sentait déstabilisé. Prêtre, il n'avait pas l'habitude de séduire ou de compter fleurette ; tortionnaire, il n'avait appris qu'à user de son pouvoir. Espérance le remettait au niveau d'un homme normal.

« Je suis encore novice dans la matière et mon père m'a gardée intacte pour un homme bien, un homme que je pourrai admirer et respecter, poursuivit Espérance, tu dois être indulgent et patient avec moi, mais je te promets d'essayer de te satisfaire de mon mieux. Peut-être peux-tu m'apprendre, m'éduquer sur le plaisir et l'amour. »

Une fois de plus Privat ne dit rien. Il étudiait les possibilités, mais le fait de réfléchir avait déjà coupé l'excitation bestiale qui l'animait. Sans rien dire, il repartit et se coucha.

Espérance avait remporté la première manche de ce qu'elle sentait être un long combat. Le temps était compté, dans les deux sens. Elle ne pouvait abuser de sa patience de mâle en chaleur, mais devait gagner un maximum de temps pour survivre le plus longtemps possible. Elle sentait que cette situation ne serait pas éternelle et que peut-être quelqu'un la sauverait. Elle savait par Athanase, avec lequel elle avait établi une sorte de code, que ses deux petits frères avaient survécu. Elle avait entendu les bruits de bottes se rapprocher à travers quelques conversations affolées des bourreaux. Et Espérance, forte de l'espoir de la jeunesse et de sa capacité extraordinaire à la survie, voulait poursuivre sa voie dans ce monde et n'avait pas perdu toutes les illusions sur la possibilité d'être heureuse.

Le soir, Privat revint avec la ferme intention d'obtenir ce dont il avait rêvé si longtemps. En fait, il réalisait petit à petit combien Espérance l'avait toujours fasciné et attiré. Il se demandait pourquoi il n'y avait jamais songé auparavant. Et les perspectives qu'elle lui faisait miroiter étaient sans limites. Il avait même déjà réfléchi à la possibilité de s'enfuir avec elle très loin après tout ça. Il avait réussi au cours des dernières semaines à amasser quelques sous, suffisamment pour voir venir. La vie pouvait encore changer et lui donner des occasions de plaisir, si ce n'est de bonheur. S'il n'avait pas la volonté de se repentir de ce qu'il avait fait, non seulement parce qu'il avait décidé de mépriser ses victimes, mais surtout parce qu'il savait au fond de lui qu'il n'y a jamais de miséricorde, Privat savait que cela ne continuerait pas toujours, il sentait que sa toute-puissance, cette possibilité de violence gratuite n'était pas éternelle et qu'il faudrait penser à une reconversion. Espérance pouvait lui permettre cela et il ne l'en aimait que plus.

Lorsqu'il entra, il nota le changement de tenue de la jeune fille, celle-ci avait mis certains des plus beaux atours qu'il lui avait donnés ces derniers jours. Elle s'était légèrement maquillée les yeux au mascara, donnant une intensité toute particulière à son regard. Les lèvres d'un noir de jais esquissaient un sourire. Plusieurs matelas étaient posés à même le sol donnant à la pauvre chambre une ambiance d'alcôve chaleureuse et accueillante. La petite servante, à genoux, soufflait sur un petit brasero dans lequel brûlait un parfum suave et profond. D'un geste, Espérance la chassa et invita le prêtre à s'asseoir sur le seul lit de la pièce. Elle-même s'installa en contrebas sur l'un des matelas, les yeux levés vers Privat. De sous la paillasse, elle sortit une bouteille remplie de liquide aigre, de cette bière de banane dont les relents avaient faillit l'étouffer le matin même, mais que Privat goûtait tant depuis qu'il avait de fait quitté la soutane. Privat saisit la boisson et but à même la bouteille, ses lèvres épaisses enrobant le goulot. D'une main, il caressait les cheveux d'Espérance et de l'autre portait la bouteille à sa bouche tandis que la jeune fille commençait une histoire remontant à son enfance, lorsque pour la première fois elle avait connu un émoi comparable à l'amour avec un petit berger de son secteur.

« Pour m'apprendre l'amour, tu dois me connaître, savoir où remontent mes fantasmes, réveiller mes sentiments profonds », lui avait-elle affirmé, et Privat, ancien prêtre qui n'avait pas perdu son habitude de l'écoute, déjà un peu pris d'alcool, était entré dans ce jeu de la confidence érotique. Le récit des attouchements à l'ombre des jacarandas, des dessins échangés sous les eucalyptus, du rut des bovins dans les champs, comme une projection du désir des deux enfants l'excitait. La voix sensuelle d'Espérance, la croustillance des détails le laissaient tendu et reposé à la fois. Imaginant la petite faisant pipi sans pudeur devant son camarade le plongeait dans des rêves érotiques aggravés par l'alcool, dont Espérance l'abreuvait sans compter. Il entrait à tel point dans l'histoire qu'il ne pensait même plus à posséder Espérance. Celle-ci déployait des dons de conteuse étonnants, ménageant le suspens, laissant des pauses à l'excitation par des souvenirs annexes, qu'elle puisait bien davantage dans ses lectures que dans sa propre expérience. Mais comme elle avait ce don de double vue qui permet de lire entre les lignes et de voir plus loin que la surface des choses, elle avait su comprendre des livres beaucoup plus que nulle autre. Et comme le charmeur avec son serpent, Espérance hypnotisait Privat qui, bercé par les mots et l'alcool, s'endormit d'un coup.

Trois soirs de suite Privat se laissa prendre dans ce piège de douceur ; à chaque fois, Espérance le plongeait dans un rêve différent, lui permettant d'éviter pour quelques heures encore le viol. Elle racontait des souvenirs, mêlés à des histoires entendues à droite à gauche au cours des veillées, du temps où le village vivait encore, et elle encore enfant ne percevait pas tout le sens de ce qu'elle entendait. Elle joignait à ces récits des détails imaginés par son esprit en éveil, surprise elle-même par sa sensualité, son érotisme. Pourtant elle n'oubliait jamais pourquoi elle était là et pourquoi elle faisait tout cela. Elle ne se laissait pas prendre à son propre piège de séduction. Toujours assise aux pieds du prêtre, elle contait ses histoires et abreuvait l'homme qui s'effondrait toujours de la même façon. Il plongeait à chaque fois dans le rêve et dans l'oubli. Depuis que ces séances avaient commencé, Privat ne se livrait plus aux tortures et aux viols répétitifs qui l'avaient tant occupé auparavant. Il ne sortait quasiment plus de sa cellule, sauf pour rejoindre Espérance. À chaque fois avec l'assurance de nouvelles voluptés, toutes intellectuelles il est vrai, mais créant tout de même et paradoxalement une certaine accoutumance. Habitué aux nourritures spirituelles plus que temporelles, Privat se délectait des fantasmes que suscitaient les mots choisis par Espérance. Il ne réalisait nullement qu'elle le menait tout simplement en bateau, lui promettant monts et merveilles, érotisme et sexualité débridés, mais ne fournissant en définitive qu'un ersatz d'amour courtois sans le savoir. Espérance avait sa propre logique qui échappait au prêtre. Ce dernier avait ses propres rêves, simples et barbares, qui eux n'avaient pas étonné la jeune fille.

Le quatrième soir, Espérance, un peu à court d'imagination commença à poser des questions à Privat. La bouteille toujours tenue à pleine main, l'ancien curé répondit. Mais une question en particulier intéressait Espérance, celle de la dialectique de la confession. Elle avait pris un tel ascendant sur le bourreau qu'elle avait maintenant la prétention de l'amener à se repentir de ses crimes. Finalement, pensait-elle, les rôles s'étaient inversés. Peut-être parviendrait-elle à lui faire reconnaître ses péchés, et peut-être alors l'épargnerait-il.

Privat avait vécu en Europe après ses études au séminaire et avait servi Dieu dans une petite bourgade des Alpes françaises pendant plusieurs années avant de rentrer au pays. Il avait gardé de cette expérience des souvenirs plus ou moins agréables, qu'il partageait parfois avec ses coreligionnaires, en particulier pendant les cours de catéchisme. Espérance savait à la fois le satisfaire et l'affaiblir en l'attaquant discrètement sur ce terrain.

« Les péchés sont-ils les mêmes en Occident et chez nous, mon père », interrogea-t-elle en insistant sur ce dernier mot pour remettre Privat dans la situation qu'il avait peu à peu oubliée mais qui assurait, si le subterfuge fonctionnait, une certaine sécurité à Espérance.

Privat commença par évoquer les difficultés pastorales d'un prêtre africain dans une bourgade européenne où la radio arrivait à peine à l'époque, encore moins une culture venue d'ailleurs. Il ajoutait qu'il éprouvait quelque lassitude à écouter ce petit peuple en confession, pas plus qu'ici bien sûr, « mais ces gens ne font rien d'intéressant et leurs péchés sont à l'image de leur vie, vides et insipides », souligna-t-il.

« Tu sais, les pires sont les vieilles. Elles arrivent toujours catastrophées et contrites, avec dans la tête le désir d'avoir commis un grave péché qui donnerait un peu de piment à leur existence misérable de grenouilles de bénitiers. Elles en rajoutent parfois sur leur méchanceté et leur gourmandise écœurante. Une fois, une vénérable mamie m'a même raconté qu'elle s'était masturbée en regardant à la télévision une émission de chansons anciennes, tu imagines...

– Je suis catholique, mais plus j'y pense et plus je trouve que la confession n'a qu'un intérêt thérapeutique qui ne vaut rien tant que les gens n'ont pas compris le sens de leur vie », répondit Espérance, ajoutant qu'à son avis le principe même d'absolution n'est rien d'autre qu'un moyen de déresponsabiliser les individus pour permettre à l'Église de maintenir son emprise sur les hommes.

L'ancien curé ne parut pas choqué par ces propos de païen, volontairement provocateurs. Il poursuivit son récit, illustré d'anecdotes, bienheureux pour une fois d'être écouté au lieu d'avoir à tendre l'oreille aux chuchotis humides et nauséabonds des mégères ou aux suppliques de ses victimes.

« Mais mon père, qu'est-ce donc qu'un vrai péché ? », finit par demander Espérance. Momentanément Privat retrouva le ton sermoneux de ses messes et le débit lent des psaumes : « Un vrai péché, c'est une action menée consciemment par un croyant sachant qu'il fait le mal. C'est un acte dicté par le Malin, essentiellement condamnable parce que ses conséquences influent sur la vie d'autrui de façon irrémédiable. Pour un vrai péché il n'y a jamais vraiment d'absolution ; de l'oubli si vous êtes chanceux ou fou, le pardon si vous êtes définitivement pragmatique, mais en vérité jamais de miséricorde en ce monde.

– Tout cela me paraît bien théorique mon père... », objecta Espérance dans un soupir, puis avec une sorte de curiosité malsaine qui participait de sa tactique, elle demanda : « Vous n'avez rien de plus croustillant, de plus réel à me proposer, un exemple éclairant de ce qui constitue réellement à vos yeux d'homme d'Église, après autant d'années de sacerdoce et tant de crimes, pensa-t-elle, un péché ? »

Le prêtre la regarda. Une lueur étrange passa dans ses yeux et imperceptiblement sa main se mit à trembler. Saisissant le vin orange et fort, il réfléchit encore un instant et articula : « Espé, tu es un personnage étrange qui ne manque ni d'intelligence ni de perversité. Tu as semble-t-il une morale bien à toi. Tu crois que tu vas éternellement me piéger, tu crois que je suis tombé dans les filets de ta séduction alors que je ne fais que jouer depuis quelque temps le jeu, plus amusant que la torture ou la force, que tu as essayé de m'imposer. Mais tu dois savoir que c'est moi qui gagnerais au final. La force est de mon côté et pas du tien, l'Histoire elle-même est de mon côté et me laissera dans l'impunité. Le crime m'a permis de ressentir des choses extraordinaires que la foi n'avait même jamais esquissées. Intellectuellement, il n'y a pas de différence entre les extrêmes ; théoriquement il n'y a donc pas de différence entre un tortionnaire et un saint. Pourtant je n'arrive pas à me convaincre de la justesse de nos actions, comme si mon passé de prêtre et tout ce que les Blancs m'ont inculqué avait été gravé si profondément en moi que même leur morale hypocrite constituait encore une chaîne. »

Privat fit une pose, avala quelques gorgées d'urgwagwa. Espérance, était encore ébranlée par les dernières déclarations de Privat. « C'est l'arroseur arrosé », pensa-t-elle naïvement. Soudain elle réalisa le danger qu'elle courait. Son corps se figea, mais perdu dans la boisson et captivé par la discussion, Privat continua. Il avala lentement sa salive, baissa les yeux sur la tête inclinée de la jeune fille et poursuivit avec un timbre de voix différent : « Ce péché m'a fait douter de l'existence de Dieu et de la raison de l'homme. Comme un aveugle, je me suis tourné vers l'une en oubliant l'autre, convaincu que l'esprit cartésien ne pouvait tout expliquer. Tu vas voir ce que c'est, l'histoire d'un vrai péché... »

Et Privat commença à raconter certains des événements les plus troublants de ces dernières semaines auxquels Espérance n'avait pas assistés, recluse dans cette cellule qui paradoxalement lui avait servi de protection. Ce qu'il soulignait à chaque fois c'était la découverte d'une de ses natures qu'il avait jusque-là gardée enfouie au fin fond de lui-même. Le pire des péchés est qu'il s'était menti à lui-même et qu'il avait menti aux autres par souci de confort et de réputation. Parlant de ces crimes odieux, il n'en retenait que la partie personnelle, celle qui le touchait directement, oubliant toujours la souffrance de ses victimes, comme si celles-ci étaient des complices de son péché qui auraient mérité leur châtiment. Espérance ne disait rien. Dehors, le petit matin commençait à éclaircir les ténèbres. Au loin on entendait comme des craquements secs et répétés. Mais aucun des deux ne les relevaient, plongés qu'ils étaient dans leurs pensées et dans la réflexion. Pour la première fois, Espérance tenait la main de Privat dans la sienne, comme pour le réconforter. Privat, lui, pleurait.

Soudain, Athanase ouvrit la porte de la cellule, les détonations se firent plus fortes. Derrière lui apparut la haute silhouette de Gérard, la mitraillette levée. Lorsqu'il les vit dans cette position équivoque, il pensa en un éclair qu'ils se réconfortaient de la peur des combats qui se déroulaient à l'extérieur. Il commença à abaisser son arme en pensant de tout son cœur à une trahison de sa sœur qui avait baisé avec ce prêtre tortionnaire dont Athanase et ses petits frères avaient conté les atrocités. Privat prit la première balle dans la tête. Les larmes coulèrent encore quelques secondes sur ses joues exsangues. Espérance leva les yeux vers son frère et, après avoir tenté de se lever pour se jeter dans ses bras, s'effondra. La seconde balle la toucha en plein estomac et un liquide noir commençait déjà à couler de la plaie quand Athanase arrêta de crier : « Non ! » Lui le petit qui savait tout, qui admirait tant Espérance pour son courage et sa ruse, souffrait plus que tout autre de voir celle qui était déjà une Femme, comme l'on dit d'un homme qu'il est un Homme après un haut fait, malgré son jeune âge, couchée sur le sol, essayant de happer quelques dernières bouffées d'air. Il se pencha sur elle, suivi par Gérard. Elle les regarda tous les deux. Dans un sourire elle souffla un merci à Athanase. Tournant la tête vers ce frère qu'elle avait tant attendu et qui finalement l'avait tuée, elle dit simplement : « Chacun peut se tromper, je sais que tu as fait ce que tu croyais être bien, alors je te pardonne. Mais à l'avenir écoute ton cœur et oublie les armes. »

Gérard ne savait pas quoi faire pour arrêter l'hémorragie, il ne pouvait que regarder sa sœur se vider de sa vie. Dans un dernier sursaut, elle lui chuchota : « N'oublie pas et espère, la vie est tout ce qui te reste, ne la gâche pas. » Alors seulement il réalisa l'ampleur de son erreur. Athanase, après qu'Espérance eut rendu le dernier souffle, s'empara de l'arme de Gérard et lui ordonna de faire ce qu'il fallait pour elle. Privat baignait dans son sang, sa mort aux yeux de l'enfant avait été trop douce, et pour qu'au royaume des morts il ne soit jamais reconnu, il lui défonça le crâne à coup de crosse, ne laissant qu'une bouillie sanglante. Il descendit ensuite la volée de marches et se dirigea vers les latrines où il savait trouver Shatani. Il ouvrit la porte, déplaça les planches et regarda. Sous une épaisse couche de merde, dans une odeur pestilentielle, Shatani attendait. Lorsqu'il vit Athanase, il se crut sauvé. Il ouvrait la bouche pour dire « mon frère » quand Athanase braqua sur lui le canon de son fusil. Il le regarda droit dans les yeux et appuya sur la gâchette en pensant à Espérance. Derrière lui, Gérard, les bras ballant, tête baissée, attendait. Athanase lui prit la main et l'emmena sur la tombe du vieil Eugène. Tous deux s'agenouillèrent. Ils ne priaient pas Dieu, mais pensaient à Espérance qui avait tellement rempli leur vie. Ils savaient au fond d'eux-mêmes qu'elle serait toujours là.

Kigali, Goma, Bukavu, 2000-2001.

Mauvaise nuit

Un matin, le vieil Erastone se réveilla avec un étau autour de la tête, la langue gonflée et les yeux rouges. La veille, il s'en souvenait à peine, il avait bu avec quelques amis du vin de banane en grande quantité que leur apportait la veuve Munyeshuli dans des pots de terre qui gardaient le breuvage frais. Ils avaient discuté toute la nuit, refait le monde. Ils s'étaient disputés, engueulés même avec cette hargne et ce courage que seul donne l'alcool, sur des broutilles. Il n'y avait plus de vrai sujet de disputes depuis longtemps dans le village où tout était figé de toute éternité. La terre on se la gardait, il y en avait tellement peu et on la possédait depuis si longtemps que tout le monde savait où étaient ses bornes. Les vaches c'était pareil, on en avait tous quelques-unes, certains plus que d'autres, que l'on bouchonnait avec une sorte d'amour, ou plutôt de vénération, un peu disproportionnée au demeurant pour le peu de lait qu'elles vous donnaient. On aurait pu en voler, c'est vrai, mais pour aller où, les tuer pourquoi ? On serait mort à manger d'un coup toute cette viande. Décidément, il n'y avait plus de sujet de dispute. Mais on s'embobinait quand même dans des histoires à n'en plus finir qui créaient parfois des rancunes tenaces malgré leur manque d'intérêt.

Et puis il fallait bien passer le temps, entre les heures à travailler aux champs, les réunions de secteur, où les soldats vous chicotaient quand il fallait applaudir, et la messe où on allait pour faire plaisir au curé, sinon il râlait pendant des semaines, ce Blanc, à vous traiter de mécréant et de pécheur de tous les diables. Le soir, la lumière tombait tôt, alors autour d'un petit brasero, on commençait à parler, à mentir, avec toujours les mêmes, de tout et de rien. On mentait par habitude parce qu'on avait appris ça tout petit, même si tout le monde savait qu'on mentait puisqu'on vivait ensemble depuis toujours, les uns sur les autres. Mais on s'inventait un autre monde, une vie plus belle, loin de soi. Et puis la veuve apportait ses vases remplis de ce vin aigre et fort qui réchauffait un peu, et faisait passer le goût rance des haricots noirs. Le breuvage avait surtout l'avantage de faire oublier ; après plusieurs rasades, on se sentait flottant, l'impression de voler à la manière de ces rapaces jouant des courants d'air au-dessus des collines.

« Je paye cet envol », se dit Erastone en s'asseyant sur le bord de son lit. Il avait mal dormi. Les vieilles lanières de paille de sa couche lui laissaient des traces douloureuses sur le dos, surtout lorsqu'il s'endormait comme ça, au bord de l'inconscience. Sa petite couverture lui avait laissé les pieds à l'air, ils étaient froids et Erastone avait l'impression qu'il ne pourrait jamais les réchauffer. Son ventre le tiraillait. D'un coup d'œil circulaire, il examina l'intérieur de sa cabane : une pièce au sol de terre battue, un petit tabouret de bois qui constituait son seul ameublement avec un vieux carton à savon où il gardait sa chemise du dimanche. Une odeur de bois brûlé et de vomi régnait dans la pièce où une petite fenêtre laissait passer une morne lumière. La porte était fermée par un bout de bois, et un pot ébréché renversé sur le sol laissait échapper divers excréments qui empuantissaient l'air. Il se recoucha sur le dos, il ne volait plus, il tournoyait.

« Ah ! Tu es là, dit-il. Toi aussi tu as erré toute la nuit, hein ? Au moins tu as mangé et maintenant tu dors ». Il parlait à l'autre locataire de la masure, une petite chauve-souris pendue par les pattes à une solive. Elle avait l'air de se contenter beaucoup plus aisément du confort sommaire que son propriétaire. L'animal était tellement à l'aise d'ailleurs qu'il profitait sournoisement du sommeil d'ivresse d'Erastone pour lâcher sur lui une chiasse gluante. Ce matin elle l'avait épargné, sans doute par pitié, sans doute par indifférence. À peine le soleil couché, il la voyait chaque jour, réglée comme une pendule s'envoler par la porte entrouverte et disparaître dans les airs avec de petits cris aigus. Il ne la voyait jamais rentrer, pas plus qu'il ne l'entendait. Il avait bien essayé de la chasser au début, plus par vengeance à cause du mépris qu'elle lui témoignait que pour autre chose, et puis devant sa ténacité il avait renoncé. De toute façon il se sentait moins seul, et comme par superstition, parce qu'elle veillait quand il dormait, il croyait qu'elle le protégeait. À son tour le matin, il la regardait dormir. La tête en bas, la chauve-souris ne bougeait pas. Quelquefois elle étendait ses ailes translucides, ouvrait les yeux puis les refermait. Une fois seulement elle n'était pas revenue et il s'en était trouvé inquiet. Sa chance allait tourner, il l'avait attendue des heures. Et puis le lendemain matin, il l'avait vue au même endroit, la tête en bas. Ça l'avait rassuré et du coup il avait bu plus que d'habitude, de joie et pour oublier la peur qu'il avait eue.

Elle l'amusait cette bestiole. C'était une compagnie moins pesante que la veuve Munyeshuli qui lui accordait de temps en temps quelques faveurs à la va-vite, à l'ombre des bananiers, ou sur la paillasse inconfortable qui grinçait. Elle était vieille aussi, mais son regard dans ces moments-là retrouvait l'éclat d'une jeunesse égrillarde qui excitait Erastone. Elle soulevait son pagne jusqu'au deuxième bourrelet de son ventre qui emprisonnait le tissu, elle se couchait et lui faisait signe de venir. Il n'aurait su dire s'il était plus attiré par l'odeur ou par les formes grasses de la veuve, mais il venait. Ça durait quelques minutes, des fois un peu plus. Il semblait bien que tous deux y trouvaient leur compte et s'en contentaient. Le problème c'est qu'après la veuve se faisait sangsue, elle le collait et lui détestait ça. Il essayait toujours de s'échapper sous un prétexte ou l'autre, mais la vieille était tenace, elle ne le lâchait pas. Un jour la chauve-souris l'avait sauvé en laissant tomber une crotte sur la veuve. En colère elle s'était levée en jurant. Elle avait exigé qu'Erastone tue la bête s'il voulait la revoir. Il s'en était bien gardé, mais elle était revenue quand même. Elle prenait juste le temps avant l'épisode du pagne de déplacer le lit, une habitude contre laquelle Erastone ne se sentait pas la force de lutter. Il fallait bien passer le temps, et la veuve changeait un peu du vin de banane.

« Je ne sais même pas si tu es mâle ou femelle » marmonna-t-il en se relevant. Il alla ouvrir la porte et jeta dehors un coup d'œil. Il puisa un peu d'eau dans un seau, s'en aspergea la moitié sur le visage et but l'autre. Après s'être gratté l'entrejambe, il rajusta son pantalon et prit sa houe. Il fallait bien aller biner un peu les patates. Les autres devaient déjà être aux champs depuis au moins deux heures, s'il en croyait la lumière qui perçait à travers la couche de nuages gris. Il grimpa la pente derrière la maison, dépassa le champ de bananes, ramassa un œuf qu'il goba sur-le-champ. Arrivé aux patates, il observa la parcelle. Rien à signaler, rien de nouveau, rien de surprenant. Alors il commença à bêcher, sans enthousiasme, juste par habitude. Au moins quand il travaillait le temps passait. Il atteignait une sorte d'état second où il ne pensait plus. Parfois juste un bruit ou une douleur lui rappelait un souvenir : sa femme morte en couche après sa huitième grossesse par exemple. Ses enfants, quatre vivants, du moins pour ce qu'il en savait. Ils étaient tous partis. Sa fille avait épousé un agriculteur riche qui l'avait emmenée en ville. Il n'y avait gagné qu'une vache. Ses fils avait disparu un matin, sans prévenir. Ils s'étaient bien disputés un peu la veille parce qu'ils voulaient rejoindre une bande de bandits qui se battaient dans le Nord, des pillards qui affirmaient qu'ils voulaient libérer le pays. Libérer quoi, tu parles... De toute façon rien ne changeait jamais. Sans doute ils étaient partis là-bas, toujours est-il qu'ils l'avaient abandonné là tout seul. Il aurait eu besoin d'eux pourtant à son âge. Le travail des champs commençait à le fatiguer, et puis à quoi servait de faire des enfants pour être délaissé, sans ressource ? Des ingrats.

Erastone s'était battu pour qu'ils aillent à l'école, il avait payé le responsable de cellule pour qu'il les inscrive. Ça n'avait pas été facile de le convaincre, mais il avait quand même accepté. Chaque année il revenait au moment de la rentrée.

« Tu sais Erastone, c'est la rentrée, il disait d'un air important.

– Je sais chef », je répondais. Je lui apportais un peu de lait, il s'asseyait sans rien dire un moment. Il regardait autour de lui. Les hommes levaient leur chapeau devant lui en passant. Les femmes l'évitaient parce qu'il avait tendance à être entreprenant.

« C'est important que tes enfants aillent à l'école. C'est bien.

– Oui chef, c'est vrai ce que vous dites, je répondais.

– Tu sais que c'est une faveur que je te fais. Normalement ceux de ta race ne vont pas à l'école. Vous nous avez fait trop de mal trop longtemps. Mais je suis bon, je me laisse attendrir par des cafards comme toi, tu le sais ça Erastone ?, il continuait.

– Oui chef, c'est vrai. Vous êtes un homme bon, chef », que je disais.

Alors il recommençait à ne rien dire, en regardant partout ce qu'il allait bien pouvoir demander. Moi j'attendais, je savais que c'était important pour les petits. Il disait après quelques minutes : « Tu as bien vendu ton maïs cette année Erastone. Tu as oublié de m'en donner un peu, tu sais pourtant que ma femme elle aime bien le maïs.

– Justement, j'en ai gardé un peu pour vous, et puis aussi deux poulets », je répondais. Il hochait la tête sans rien dire, une lueur de méchanceté dans le regard. J'apportais les choses et je les déposais devant la maison. À chaque fois il redemandait du lait avant de partir.

« Il est bon ton lait Erastone. Tu as de belles vaches. Prends garde qu'un jour on ne te les vole pas. C'est un conseil d'ami. » Il se levait et emmenait la cruche, le maïs et les poulets. Mes enfants allaient à l'école.

Le soleil commençait à taper sérieusement. Ça lui chauffait le dos, mais ses pieds nus dans la terre ne se réchauffaient toujours pas. Il s'assit un moment à même le sol, alluma une cigarette de tabac noir. Il aurait bien dormi encore un peu, juste une sieste de quelques minutes. Mais les autres ne s'arrêtaient pas, alors pas de raison que lui s'arrête. Il regarda son champ à nouveau. Les bananiers en contrebas et puis la maison. Demain, il irait vendre quelques bananes au centre commercial, il avait besoin de bougies, de cigarettes. En scrutant sa baraque, il vit la veuve Munyeshuli s'approcher. Elle ne venait jamais à cette heure, trop tôt pour la bagatelle. On aurait dit qu'elle cherchait quelque chose. Erastone se leva et l'appela. Elle n'entendait rien, cette vieille bique. Il cria plus fort. La femme leva les yeux, elle se retourna et fit un signe qu'il ne comprit pas. Il commença à descendre la colline en marmonnant.

« Quoi ? Qu'est-ce qu'il y a, la vieille ?, cria-t-il à nouveau.

– Là-bas... Là-bas ! », répondit-elle en répétant son geste étrange. Erastone ne comprenait rien. Il avait mal dormi, il avait froid aux pieds et il fallait encore qu'on vienne l'emmerder jusque dans son champ. Si au moins elle cuisinait un peu cette bonne femme, il l'aimerait peut-être un peu. Mais non, fainéante par-dessus le marché, à boire son vin de banane et rien d'autre.

« Là-bas, il est là-bas. Allez-y, tuez-le ce chien, ce cafard », continuait la vieille en s'adressant à une bande d'hommes en armes qui grimpait la colline la machette levée.

« Là-bas, je le vois. Il faut le tuer. On va tuer tous les Tutsis. »

Il faisait presque nuit. Comme tous les soirs, la chauve-souris prit son envol par la porte entrouverte. Elle s'éleva dans le ciel. Au-dessus des patates, elle lâcha une de ses déjections malodorantes. Elle n'épargna pas cette fois le visage fendu d'Erastone qui, lui, ne volerait plus.

Byumba, le 17 janvier 1999.

L'arbre de Byumba

Pour les horticulteurs c'est un mystère. Peu de gens, en dehors des milieux d'experts, connaissent son existence, mais pour ceux qui savent, il n'y a de cesse de trouver une explication. Les vieux disent qu'il existe depuis toujours, les scientifiques ont tenté par tous les moyens de le dater mais nul n'y est parvenu. Tout ce dont on peut être sûr, c'est qu'il existe, même si ceux qui ne l'ont, jamais vu en doutent.

Curieux comme tout un chacun, j'ai décidé un jour de prendre la route pour aller voir l'arbre de Byumba. De la route, on ne voit rien jusqu'à ce qu'ont arrive en haut d'une côte abrupte. Là soudain il apparaît, plus beau il faut le reconnaître que tout ce que l'on peut en dire. Le plateau sur lequel il est planté surplombe presque tout le pays. D'en haut on peut voir les collines qui marquent la frontière avec l'Ouganda. C'est le seul arbre à des kilomètres à la ronde au milieu d'une herbe rase, et surtout le seul de cette taille à une telle altitude.

J'ai à peine osé m'en approcher. Je le regardais avec le sentiment que si je m'approchais il allait disparaître comme un mirage. Un vieux sans âge sorti de nulle part se plaça comme par miracle et silencieusement à mes côtés. Il ne disait rien. On avait même l'impression qu'il ne respirait pas, n'eût été sa pipe qui de temps à autres libérait un petit nuage de fumée. Je le regardais, il avait les yeux fixé sur l'arbre, mais comme s'il regardait plus loin encore, au-delà, bien au-delà de la réalité de cet arbre, loin dans ses souvenirs dans ses pensées. Et pourtant ses yeux voyaient, observaient quelque chose. Je ne disais rien, je me tournai à nouveau vers la majestueuse création de la nature. Je ne saurais dire combien de temps a duré cette contemplation. Le temps s'était peut-être arrêté, c'est du moins ce que j'ai pensé après en partant, car c'était comme si le soleil avait arrêté sa course dans le ciel. Seul un léger souffle de vent ébouriffait les cheveux. Je fis un pas vers l'arbre, mais je fus stoppé par le vieux qui me dit que j'avais raison, c'est de là où j'étais qu'on le voyait le mieux. Je me retournai vers lui, il n'avait pas bougé, les mains derrière le dos et la pipe coincée entre les dents ; j'en vins à douter qu'il ait même parlé.

Mais j'étais comme attiré par cet arbre étonnant qui paraissait si incongru dans cet espace et en même temps tellement à sa place. « Ici tu es bien », reprit la voix. Elle ne chuchotait pas, mais elle parlait doucement, d'une voix chaude et grave un peu cassée par le tabac. « Ici tu es bien. Ne pense plus et regarde, imprègne-toi de cette nature étonnante, tente de sentir plus que de comprendre. Ne ferme pas les yeux, mais observe et goûte ». Le vieux n'avait pas bougé un cil et pourtant je suis sûr, tout simplement parce qu'il n'y avait là que lui et moi, que c'est bien lui qui m'a conté cette histoire.

Il était une fois un arbre, grand, solide et majestueux. Ses branches abritaient plus d'un être vivant, et son ombre aidait à survivre bien des créatures. Solidement planté dans une terre riche et fertile, surplombant un paysage magnifique, l'arbre était un peu isolé par sa santé et sa vigueur presque incompréhensible au milieu de ce désert, mais se sentait bien ainsi.

Le hasard faisait mourir des créatures dans le cercle harmonieux de son ombre, des mères enterraient des larves et autres fœtus à ses pieds parce qu'elles sentaient que, même devenus immatériels, ces petits corps seraient mieux là qu'ailleurs. De vieux couples qui avaient traversé bien des épreuves venaient s'y échouer pour attendre la libération, confiant qu'ils seraient là plus utiles qu'ailleurs.

Les lois de la nature font qu'en effet les racines puisent dans la terre toute cette nourriture invisible dont l'arbre a besoin. Le plus répugnant des cadavres nourrissant autant que la dépouille d'un saint, asphyxié par étourderie un matin de gelée par son hostie et son vin de messe.

Si les racines puisaient profond dans les ténèbres, les branches et les feuilles, d'un éternel vert printanier, se gorgeaient de soleil, rayonnantes dans la lumière changeante des jours. L'arbre accaparait cette phosphorescence, la faisait sienne, l'adoptait à tel point que certains des rares habitants disaient que la nuit le végétal se nimbait d'une lumière surnaturelle qui réchauffait les voyageurs égarés.

Si l'on y regardait de près, on s'apercevait que l'arbre était en vérité le fruit de deux troncs tellement proches, depuis tellement d'années, qu'ils ne faisaient plus qu'un. Seuls des experts en horticulture auraient pu distinguer les ramifications venant de l'un et les bourgeons venant de l'autre, mais comme il n'en était jamais venu dans la région, nul ne le sut jamais. Seul l'arbre en fait était au courant, mais ne s'en vantait pas car il y a parfois des secrets qu'il vaut mieux ne pas ébruiter.

Un soir de tempête extraordinaire, un orage décida de déverser sa méchanceté et sa fougueuse agressivité sur l'unique objet visible de cet espace désolé. Un terrible éclair s'abattit alors sur l'arbre grand, fort et majestueux. Les plus anciens se souviennent encore de l'événement et en parlent entre eux à voix basse, parce que ce malheur fut transformé par les mémoires en bénédiction, comme il arrive parfois aux plus profonds des mystères.

La pluie avait duré des jours entiers, et les nuits n'avaient apporté aucun répit. Le vent, comme scandalisé par cette terrible injustice, hurla en bourrasques étourdissantes pendant quelque temps encore après l'arrêt brutal des trombes noachiques. Lorsque les éléments célestes enfin eurent retrouvé leur harmonie naturelle, ceux qui pouvaient voir, entendre ou sentir mirent le nez dehors. Mais ils s'aperçurent bien vite qu'ils auraient mille fois préféré ne pas être dotés de ces sens.

Seules quelques mousses scrofuleuses, quelques lichens puants et quelques résidus nécrophages se réjouirent du spectacle qui les attendaient.

Pour la première fois, l'arbre autrefois si fort, si majestueux et si beau, avait perdu ses feuilles et son allure. Ne restait de cet être exceptionnel qu'un étrange amas informe à la nauséabonde odeur de moisissures et de chairs brûlées. Notre arbre n'avait plus rien de vivant, ce qui avait fait sa force s'était en allé. Étrangement, même ces restes calcinés ne donnaient plus d'ombre, comme si le temps s'était arrêté à midi au-dessus du carnage. C'est ce que les Anciens appelèrent le premier miracle.

Le tronc ou plutôt les troncs, si droits et si élancés, gisaient séparément et en miettes sur le sol, portant les stigmates de souffrances horribles comme seuls les feux de l'Enfer peuvent en infliger. Les branches si noueuses et riches auparavant avaient été coupées net comme par des millions de dents minuscules et acérées. Une si grande désolation suscita une telle émotion que les règnes animal et végétal décidèrent d'un commun accord de laisser l'endroit – autrefois si doux et réconfortant, mais aujourd'hui si triste et désespérant – vide comme un sanctuaire. Pour la première fois de l'Histoire, il fut décrété tacitement que puisque l'arbre était mort, nulle vie désormais n'aurait sa place, là où – ce qui semblait aux yeux de tous comme une grande injustice – l'arbre était mort. C'est ce que les Anciens appelèrent le deuxième miracle.

Le temps passa dans une tristesse et une douleur secrètes parce que chacun la ressentait, mais personne n'aurait pu l'exprimer. Parfois quelques créatures, sans doute plus sensibles ou compréhensives que d'autres, sanglotaient en passant devant le sanctuaire. Toutes évitaient bien de violer l'espace où avait régné l'ombre bénéfique du grand arbre, qui avait toujours protégé sans distinction, sans question, tous ceux qui avaient silencieusement demandé sa protection. Avec les années, chacun préféra faire un détour plutôt que de croiser sur sa route l'espace sacré, non parce que l'on oubliait, mais bien plus parce que l'on n'oublierait jamais. La douleur était là comme inscrite intimement en chacun et en chaque chose. Depuis le drame rien ne semblait avoir changé – ce qui aurait pu paraître étonnant car chacun sait que la nature reprend toujours ses droits – mais tous l'acceptèrent comme une nouvelle fatalité.

Les siècles passèrent, notre arbre n'existait plus que dans les mémoires et dans la bouche des vieux. Personne pourtant n'aurait osé transgresser la règle de respect que l'ensemble de la communauté sans distinction s'était imposée. D'autres drames vinrent frapper à la porte des destins, de ces drames finalement banals qui font l'histoire de la Terre, malgré tout aucun ne fut ressenti aussi profondément que la mort de l'arbre. Son histoire avait voyagé un peu partout au gré des migrations. Quand elles se retrouvaient ailleurs, les créatures du désert parfois en parlaient entre elle, comme si c'était un signe de reconnaissance. La souffrance commune paradoxalement rapproche.

Un jour, les gens commencèrent à remarquer que le temps changeait, que les saisons étaient perturbées, la pluie s'abattait par surprise, le vent soufflait dans tous les sens. Chacun se rendait à l'évidence : il n'y a plus de saison. Seul le plus sage des plus Anciens de la colline comprit et alla ce jour-là se coucher plein d'espoir.

Le lendemain très tôt, il se leva et en courant monta vers le sanctuaire, alertant au passage tout ce qui était vivant sur son chemin. Là, ce qu'il découvrit faillit bien le terrasser : notre arbre était là, comme avant grand, fort, solide et rayonnant. Les plus surpris allèrent jusqu'à exprimer le fait qu'à leur avis il rayonnait comme jamais, mais comme la plupart ne l'avaient pas connu leur jugement n'avait pas grande valeur. Seul importait la réalité : l'arbre était là portant au plus haut sa ramure, distribuant de son ombre une fraîcheur de ruisseau. Son halo légendaire illuminait l'aube comme au temps de sa splendeur. C'est ce que les Anciens appelèrent le troisième miracle.

Parce que les Anciens ne savaient pas que même les pires blessures finissent par cicatriser quand l'amour est vrai. Ils ne savaient pas que dans l'apparence de la mort, dans les horribles souffrances, dans l'abandon et la séparation, les deux troncs qui avaient si longtemps vécus collés avaient trouvé la force de se réunir à nouveau, plus solides et plus grands. Les blessures avaient été longues à se refermer, il avait fallu toute leur énergie, puisée au plus profond de leurs ressources, dans l'ardente lumière comme dans les ténèbres les plus sombres. Ils s'étaient nourris de la pestilence des entrailles, des remords et des désirs, des péchés et des bienfaits, s'étaient battus, déchirés, enlacés, étouffés pour gravir pas à pas les marches de la résurrection, monter toujours plus haut vers ce qu'ils avaient été. Conscients qu'ils ne pouvaient rester comme cela, les deux troncs s'aperçurent qu'ils n'y étaient pour rien, qu'ils n'avaient pas le choix, que c'était en fait plus fort qu'eux et qu'ils devaient absolument, essentiellement retrouver cet état de félicité qu'ils avaient connu avant la tempête.

Ils n'étaient pas à l'abri d'un nouvel orage, mais maintenant, les deux troncs savaient que même si une foudre plus terrible encore que la première les séparait, cela compterait peu, puisqu'ils réussiraient toujours à se redresser, à surplomber le désert, à abriter des vies, défiant le ciel, et rayonnant à chaque fois davantage d'une lumière éclatante.

Je l'ai dit, le soleil avait interrompu son voyage et même les nuages étaient toujours à la même place. Lorsque je clignais des yeux après ce qui me semblait une éternité, la brise légère entra dans mes poumons, libérant un frais parfum de montagne et de garrigues. Il n'y avait aucun bruit, je me retournais pour remercier le vieux, mais il n'était plus là, parti comme il était arrivé, sans un bruit, sans un souffle. Ne restait de lui qu'un léger nuage de fumée de pipe qui s'envolait vers le ciel en ronds inégaux et distordus.

Kigali, le 24 juin 1999.

Le temps

Par un beau matin d'été, je rentrais à la maison après avoir conduit mes deux vaches au pâturage, à peine éloigné d'un kilomètre. La lumière du soleil faisait luire les feuilles des eucalyptus, dont le bruissement se mêlait au ruissellement de la petite cascade d'eau claire et fraîche qui se trouvait derrière la colline. Dans le ciel, tout était immobile : les nuages figés dans leur vol, les oiseaux absents et le bleu glacé pour seul fond à ce tableau.

Je me dis qu'il serait drôle une fois que le temps s'arrête, que tout autour de moi soit immobile, même les gens et que seul je puisse me déplacer, assouvir ma curiosité en soulevant le couvercle de la marmite de la voisine, en vérifiant la véracité de la rumeur qui affirmait que le vieux Juvénal, qui avait combattu avec les Allemands, cachait sous son lit une cruche remplie d'or, en soulevant les jupes de la belle Elvani pour voir si ce qu'elle avait entre les jambes était vraiment différent de ce que je trouvais en soulevant les pagnes de ma femme. Bref être le seul libre, capable de tout faire sans que personne ne s'en aperçoive.

La pensée m'amusait comme un enfant. Je me voyais déjà allant jusqu'à la capitale, ramenant toutes les choses dont chacun rêvait : télévision, casseroles brillantes d'inox, hi-fi, groupe électrogène pour pouvoir lire la Bible le soir aux enfants à la lueur des néons. Lorsque le temps reprendrait, les gens verraient alors ma grande maison de briques cuites et de tôles, au sol couvert de carrelage rouge, et ils croiraient entrer dans la caverne d'Ali Baba.

Juste avec la force de ma volonté, ou mieux, simplement en tirant deux bouffées de bon tabac sur ma pipe, je serais maître du temps. L'arrêtant pour assouvir mes rêves, mes désirs, le remettant en marche pour voir la tête des autres après que tout eut soudainement changé.

Je pourrais attendre que toutes les femmes soient au bain dans le bassin de la cascade, juste au moment où elles sortent de l'eau avant de se sécher et là, tirer deux coups de ma pipe. J'irais toucher à pleine paume les fesses rebondies, sentir les dernières parcelles de sueur sous les bras, boire aux lourdes mamelles des mères le lait comme un bébé. Et comme personne ne saurait rien, je pourrais même m'en taper une ou deux à la sauvette, puisque même ma femme ne pourrait pas l'apprendre.

Je regardais à nouveau le ciel tout aussi bleu au-dessus de ma tête. Toujours pas le moindre pépiement d'oiseau, ni âme qui vive sur les sentiers. De plus en plus je me plongeais au cœur de mon rêve, sur la simple idée d'avoir le pouvoir d'arrêter le temps auquel on ne pense finalement jamais que le jour de notre mort. Et même là, à peine visible sur mon grabat, la pipe au coin des lèvres, je pourrais suspendre le cours des choses et ne mourir qu'à l'heure de mon choix. Moi le faible, le lâche, celui que les plus grands battaient et traînaient dans la boue de l'école, et qui encore parce qu'il était sale recevait en rentrant à la maison une raclée du père, moi je pourrais choisir l'heure de ma mort, et même celle des autres.

Deux volutes de fumée bleue s'envoleraient dans le ciel, je me glisserais avec ma machette derrière mes ennemis changés en statues de sel et je trancherais leur gorge d'un coup sec. Derrière un buisson, à l'abri des regards je fumerais à nouveau et je jouirais de la vision de cet homme portant soudainement sa main à la gorge pour tenter vainement de faire barrage aux flots de sang, avec ce regard interloqué des gens surpris par une mort violente.

Décidément l'idée me plaisait. Mais ce n'était qu'un rêve. Je n'étais rien de plus qu'un homme soumis aux lois de la nature sans maîtrise sur le temps ou quoi que ce soit d'autre. La grosse pierre ocre où je m'étais assis me réchauffait les fesses quand, tout à coup, je sentis dans mon cou le choc froid d'une goutte de pluie. Le vent reprit ses droits dans les frondaisons parfumées et j'eus juste le temps de rentrer avant d'être trempé.

Après l'averse, dans la pénombre de la fin d'après-midi, une voix d'homme m'interpella de l'extérieur. Cette voix pâteuse, ces pieds boueux et cette face comme maquillée de latérite luisant ne m'empêchèrent pas de reconnaître le chef des milices. « Viens avec nous, me dit-il péremptoire, on repart au travail et cette fois je sais que tu viendras ». Et enfin le temps s'arrêta.

Nairobi, le 14 janvier 2000.

Pour Koulsy

Devant l'église de Nyamata, juste à l'entrée, il y a un corps de femme. Pagne retroussé, jambes largement ouvertes, sexe offert, la tête rejetée en arrière et les yeux fermés par la timidité, elle semble attendre.

L'église laisse passer à travers les trous de sa toiture des rais de lumière, comme autant d'échelles vaines vers le divin. Une odeur de corps humains, de poussière d'années habite la salle vide d'ouailles où ne traînent que quelques bancs en désordre. Au fond, un autel rappelle le lieu sacré malgré le décorum d'entrepôt.

Ce corps de femme sans âge, blanchâtre, a vu passer beaucoup de corps, dessus dessous, dehors dedans. Dans ses bras repliés sur son torse, un vide a remplacé le bébé qu'elle portait serré contre sa lourde poitrine d'ébène nacrée. Elle attend sans bouger, le fichu encore noué sur son front sans ride, ouverte.

Peu connaissent encore son nom, mais beaucoup savent la trouver ici sous le porche ombragé. Rares sont les visiteurs qui écoutent son histoire, gênés par les milliers d'orbites vides fixées sur eux, par les tibias tendus et les fémurs brisés. Et ceux qui reconnaissent son visage n'ont pas la force de pleurer.

Un pieu de bois, écharde de crucifix, est largement enfoncé en son flanc, faisant éclater la vulve.

Nyamata, le 22 mars 1999.

Le geste

TCHAC !!!

La main s'abattit violemment, empoignant très serré le gourdin, sur la tête de la femme qui éclata comme une papaye trop mûre et avec le même bruit mat que lorsque celle-ci tombe de l'arbre trop haut.

Bien sûr, ce geste se passa en moins de temps qu'il n'en faut pour le décrire. Cependant en cette fraction de seconde, indicible à la vitesse réelle, si ce n'est peut-être par une simple onomatopée comme Tchac !, il s'était passé beaucoup de choses.

Ce geste simple et presque quotidien pour son auteur renfermait une bonne centaine de pensées, constituait un symbole ou plutôt une allégorie de toute une vie ou presque. Voilà ce qui en cette fraction infinitésimale de temps particulière, qui ne rend pas compte loin de là de la complexité de sa motivation, voilà en quelques mots forcément insuffisants ce qui se passa.

Lorsqu'il la vit arriver, Védaste la reconnut immédiatement, ce n'est pas pour rien qu'elle avait occupé son cœur et ses pensées pendant des années, sans effet. Sa démarche souple, son regard clair perdu dans de vastes yeux en amande, sa bouche charnue et légèrement rosée au milieu du visage sombre la rendait inoubliable. Cette fois, elle ne faisait pas la fière comme avant, elle gardait son regard fixé sur les cailloux, sur ses pieds ensanglantés, comme la plupart des gens qui passaient par la barrière pour aller on ne sait où.

Il s'approcha d'elle, reconnut à ses côtés la vieille grand-mère, et derrière, épuisés, d'autres personnes qu'il avait autrefois entraperçues à l'église, au marché ou à l'école. Ses compagnons se réjouissaient d'avance du spectacle de la boucherie qui allait suivre. Védaste n'était pas un tueur, et ne partageait pas encore avec eux ce goût du sang qui rendait les autres fous. Ils le regardaient même un peu de travers parce qu'il n'avait encore ni violé, ni martyrisé, ni tué personne. Comme il était le seul à savoir lire, il se contentait de contrôler les cartes d'identité.

Il voulait lui parler ; du bout de son gourdin noueux, il souleva le menton de la femme pour qu'elle le voie. Un instant rien ne se passa, il se dit que décidément la partie était inégale et qu'il n'était pas juste que lui puisse la reconnaître si vite et de si loin, alors qu'elle le regardait à peine, encore une fois. Et puis une lueur d'intelligence passa dans ses yeux exténués, suivie d'un éclair d'espoir.

Védaste la sortit du groupe, lui demanda ses papiers, puis l'entraîna un peu à l'écart. Les autres se poussèrent du coude avec des rires appuyés et entendus. Lui ne pensait à rien de particulier, se moquait des moqueries et ne voulait que parler quelques minutes avec elle. Il n'avait même jamais pensé auparavant, avant de lire le mot sur la petite carte, qu'elle n'était pas comme lui, pas son égale. Il se dit que cela ne comptait pas beaucoup de toute façon. Puis se reprenant et comprenant d'un coup la situation, il vit que cela comptait au contraire énormément.

Il arracha la photo de la carte, elle l'observa affolée pendant qu'il la rangeait dans un petit portefeuille en peau qu'il portait entre sa ceinture et son ventre, nu sous la chemise. Il songea qu'il aurait dû posséder cette photo depuis longtemps, depuis qu'il l'avait vue la première fois et qu'il en était tombé follement amoureux, jusqu'à en être malade, jusqu'à en oublier de manger à chaque fois qu'il la voyait avec un autre garçon, jusqu'à se faire battre avec plaisir par ses frères parce qu'il avait été surpris zieutant par le trou de la salle de bain. Il s'était agenouillé devant elle, l'avait suppliée, perdant sa fierté, il avait même pleuré lorsqu'elle lui avait dit qu'il devait arrêter de rêver, qu'elle ne serait jamais à lui, qu'elle ne l'aimait pas. Se remémorant tous ces instants à la fois, Védaste avait le cœur gros. Sans comprendre pourquoi il lui dit : « Je peux te sauver, dire que tu es en règle, même sans ta carte, les autres ne diront rien. »

Elle resta interdite un moment puis interrogea : « Me sauver de quoi ?

– Ils vont te tuer ou pire, affirma-t-il en espérant l'effrayer pour l'avoir encore plus à sa merci.

Je peux te sauver si tu couches avec moi ici et maintenant, ajouta-t-il froidement.

Elle ne dit rien, hocha simplement la tête en signe de refus.

Védaste se mit en colère immédiatement, ses mains moites reprirent leurs formes de serres, son front commença à briller de sueur. Même face à la mort elle me refuse encore, pensa-t-il silencieusement sans la quitter des yeux, pourquoi ne comprend-elle pas, elle me rejette, se croit supérieure, la radio a raison, ces femmes ne sont pas comme les autres. Elle préfère sûrement les Blancs, les riches. Sale pute, tu es dégoûtante, tu sens comme une vieille qui s'est fait dessus. Tu baisses la tête, tu ne me regardes même pas alors que l'on a grandi ensemble, tu n'oses pas me dire ce que tu penses, tu préfères m'ignorer et reprendre ta place comme les autres dans cette file sans espoir.

Comme si elle avait entendu, elle tourna son beau visage vers lui et sourit. Védaste ne comprit pas ce sourire, jeta la carte au sol, la piétina, cria qu'elle était fausse en la piétinant. Alors elle vit qu'elle était perdue. Déjà autour d'elle s'amoncelaient les cadavres, dégoulinait le sang et suppliaient les mourants. Elle se pendit au bras de Védaste en sanglot. Lui pensa qu'elle ne valait vraiment rien, qu'il avait perdu son temps avec elle, qu'elle ne le méritait décidément pas, qu'il devait retourner à celle que son père avait choisie pour lui, bonne et solide travailleuse qui ne faisait pas la fière, qui ne le repoussait pas, qui ne repoussait personne, même pas le grand-père. Il la trouva lascive, agenouillée sur le sol, le pagne en désordre, la blouse déchirée sur un soutien-gorge jaunasse, il ressentit ce mépris qu'il avait pour les serpents ou les cafards grouillant dans des trous humides.

Il pensa bien à la prendre de force comme il en avait toujours rêvé, puis se sentit sale rien que d'y penser. Elle mentirait encore comme elle le faisait maintenant, promettant de m'aimer, promettant de jouir. Je ne la crois plus, maintenant enfin je la hais, se dit-il en levant le bras très haut sans plus réfléchir.

La main s'abattit violemment, empoignant très serré le gourdin, sur la tête de la femme qui éclata comme une papaye trop mûre et avec le même bruit mat que lorsque celle-ci tombe de l'arbre.

TCHAC !!!

Kigali, le 22 novembre 2000.

Gatete

Je m'appelle Gatete et j'ai six ans. Je ne vieillirai plus. Je ne suis qu'un crâne blanchi, sans mâchoire, posé sur l'autel d'une église du Rwanda. C'est une petite église de briques rouges aux fenêtres éventrées, perdue au milieu d'un parc dans l'ombre d'un bois. Les rayons du soleil éclairent par taches mes compagnons de jeux, d'autres crânes blanchis par le temps. La lumière fait aussi apparaître les ossements de plusieurs milliers de corps. Mes parents sont là, mes cousins, ma grande sœur, certains voisins.

Peu importe comment j'ai été tué. Ce qui est intéressant je crois c'est comment je suis mort. Je ne veux pas dire quelle machette m'a fracassé la tête, quel bras la portait, non. Je veux seulement raconter ce que j'ai vu et le peu que j'en ai compris.

Maman un jour de printemps m'a pris par la main et m'a dit qu'on partait à l'église. Nous n'étions pas dimanche et j'ai alors pensé que nous allions encore écouter pendant des heures le prêtre nous sermonner ou le bourgmestre nous faire quelque causerie morale. Ma sœur était déjà prête.

Elle était très jolie ma sœur, avec de grands yeux lumineux et un sourire qui cherchait toujours à dissimuler un écart entre ses dents de devant. Moi je le trouvais mignon, mais elle ne l'aimait pas. Récemment elle avait changé, des choses rondes avaient poussé sous sa chemise. C'était moelleux et chaud et comme nous dormions ensemble, j'attendais toujours qu'elle soit assoupie pour me blottir contre elle et sentir ces formes qui m'attiraient par leur douceur. Elle avait grandi aussi, mais pas trop, juste assez pour m'aider à monter sur l'arbre dans la cour de la maison.

Papa n'était pas là, il était parti depuis longtemps. Disparu comme la fumée disait maman... On n'était plus que tous les trois. J'étais le chef de famille en quelque sorte. Maman finissait de m'habiller. La voisine, une grosse dame qui portait toujours plusieurs pagnes l'un sur l'autre – c'est pour ça qu'on l'appelait le chou –, la voisine donc appela de dehors. On aurait dit qu'elle avait encore plus de jupes que d'habitude, elle était énorme. Elle insistait en disant qu'il fallait partir. Ça devait être une réunion de secteur...

J'ai pris mon cahier et un stylo à bille en passant pour m'occuper pendant qu'on serait à l'église. Nous les enfants, on s'ennuyait toujours à ces réunions. Rien à faire, si l'on bougeait trop, les soldats nous chicotaient en nous traitant de cafards. Après c'était le tour des parents qui râlaient et nous grondaient très fort quand on rentrait dans la nuit vers la maison.

Maman a mis un paquet sur sa tête, m'a pris la main et on est parti. Ma sœur suivait derrière sans rien dire. Dehors, il y avait plein de monde sur la route, j'ai aperçu mes cousins, on s'est fait des signes de connivence. Il y avait aussi la petite Giramata, ma fiancée, qui m'a fait les yeux doux. Elle marchait avec sa grand-mère, tout doucement, avec son petit sourire édenté. On a marché vers l'église à travers les bananiers et le petit bois.

Elle était construite sur une petite colline verdoyante. On voyait plein de gens qui se dirigeaient là-haut comme un serpent multicolore. Ce qui était drôle c'est qu'il n'y avait pas beaucoup de bruit alors que la réunion n'avait pas commencé. Nous, avec mes copains on se regardait, on faisait des signes mais on n'osait pas parler.

Arrivé à l'église, on s'est installé comme pour la messe. Tous les bancs étaient remplis, il y avait plein de gens debout. On attendait sans savoir quoi. Le curé n'était pas là. Après quelques minutes, assis là sans rien faire, je me suis levé pour aller voir mes camarades. Eux sont venus aussi, les parents étonnamment n'ont rien dit et on en a profité pour sortir. Le soleil commençait à baisser, mais d'autres personnes continuaient à venir. On a joué avec plein d'autres enfants, certains qu'on n'avait jamais vus. Et puis il a commencé à faire nuit et froid. Je suis rentré voir maman parce que j'avais faim. Elle avait emporté des biscuits qu'elle nous a donnés à ma sœur et moi. La mémé de Giramata dormait déjà, alors je lui ai donné un biscuit et un peu d'eau de notre calebasse. Après elle s'est endormie, la tête sur mes genoux. Maman m'a couvert et je crois que je me suis endormi aussi. Lorsque je me suis réveillé j'avais la tête sur l'autel...

C'est un grand bruit assourdissant qui fait plein de fumée et sent mauvais. C'est une explosion comme j'en ai vue dans un film sur la guerre chez un cousin. Giramata n'est plus sur mes genoux. Il y a bien des morceaux qui lui ressemblent tout autour de moi, mais ça ne peut pas être elle. Beaucoup de gens crient, surtout les femmes. Moi je ne bouge pas. Il y a quelque chose qui crépite comme un feu de bois trop sec. On ne voit rien à cause de la fumée qui pique les yeux. Quelque chose de lourd tombe sur moi. Je me dégage et je reconnais le visage de maman. Quand je lui demande ce qui se passe, elle ne me répond pas. Ses yeux grands ouverts versent des larmes. Je crois que c'est à ce moment là que j'ai fait pipi sur moi. Ça ne m'était pas arrivé depuis très longtemps, depuis ces nuits de tempêtes quand j'étais tout petit et que les éclairs me faisaient peur. Je sens la chaleur du liquide sur mes jambes, en vérité ça me chatouille même un peu, mais je n'arrive pas à les bouger. Je suis paralysé, ça me panique. Il y a une autre explosion un peu plus loin, le crépitement continue et des cris aussi. Mais ces hurlements sont différents, ils disent des mots, ils jurent. Des gorges rient et crient. Moi je ne bouge pas, dans la fumée qui se dissipe un peu, je distingue la tête de Giramata qui me sourit, ça me rassure un peu. Je veux lui parler mais je ne peux pas prononcer un mot, vraiment je suis paralysé. Un nouveau poids s'abat sur moi et me fait tomber plus profond dans le sol, je suis écrasé. Quand j'ouvre les yeux, c'est la tête de Giramata qui me saute au visage, sa tête sans rien après. Elle ne bouge pas, elle est juste posée là en souriant. J'ai très envie de m'endormir et j'ai du mal à respirer, le nez dans la poussière. Un liquide rouge et épais coule sous ma joue, il y en a de plus en plus. Les crépitements continuent et je n'arrive pas à calmer ce que je ressens, ce nœud au creux du ventre, cette boule épaisse dans la gorge et les tremblements de mes mains à plat devant moi. Je sais, je comprends que j'ai peur. J'ai peur parce qu'instinctivement je comprends que j'ai six ans et que je vais mourir. C'est comme si je volais, je me vois par en haut, je vois maman, le sourire de Giramata et tous les autres couchés pêle-mêle sur le sol, enchevêtrés entre les bancs. C'est comme un tableau plein de couleurs, avec ces pagnes chamarrés et en fond la pourpre du sang. La douleur est fulgurante, je la ressens, et en même temps je me vois la ressentir. C'est-à-dire que je suis en haut et je vois l'homme me couper la tête. Moi en haut j'ai mal, mais moi en bas je ne sens plus rien. Et puis tout à coup, la douleur part, je retrouve la chaleur et la douceur de ma sœur contre laquelle j'aime tant me coucher depuis qu'elle a ces choses qui ont poussé. Je crois que je m'endors, ma tête tourne, l'homme la lance en l'air en chantant et en riant, il la passe à un de ses camarades comme un ballon. Ma tête tourne et je tourne dans les airs jusqu'à ce qu'un autre me lance contre le mur. Je vois deux parties tomber, mais cette fois je ne sens rien. Celui qui m'a coupé la tête en riant la ramasse et la pose sur l'autel, bien à plat, bien au milieu. Et puis je le vois partir en tressautant des épaules, mais je ne saurai dire s'il rit ou s'il pleure.

De mon autel je regarde l'église et le Christ au-dessus de moi. C'est toujours comme un tableau sauf que les couleurs ont changé, ternies par le temps et la poussière. Personne n'a rien touché, tout est là comme cette nuit-là, intact. D'autres soldats, blancs avec des casques de clowns, sont bien venus parfois, ramassant un crâne ou un os, et le mettant discrètement dans la poche. Mais ils ont laissé Giramata et maman qui sont aussi blanches que moi maintenant. Et puis je surveille, de mon piédestal, je sens parfois que je pourrais crier si quelqu'un s'avisait de les toucher. Je crois en fait que je suis resté cette nuit-là sur un cri, un hurlement terrible plus fort qu'un rugissement, mais je n'ai jamais pu le pousser. Pourtant je crois que si l'on touchait à Maman ou à Giramata, ce cri je le pousserais, à rendre sourds tous les vivants.

Kigali, le 23 juillet 1999.

Postface

Ecrire sur le Rwanda est semble-t-il devenu une mode. Beaucoup de livres de fiction, d'essais ou de reportages de plus ou moins bonne qualité ont été publiés récemment. Étrangement presque rien des Rwandais eux-mêmes, comme si les principaux intéressés n'avaient sur le sujet pas voix au chapitre.

Ce n'est pas pour céder à cette mode que j'ai voulu écrire sur le Rwanda, sur le génocide de 1994. D'abord j'ai commencé à écrire les nouvelles qui composent ce livre en 1998. Ensuite lorsque que l'on m'a demandé de venir à Kigali comme correspondant régional pour l'Afrique des Grands Lacs de l'Agence France Presse, j'ai lu beaucoup d'articles sur ce pays. J'ai fait le constat que souvent mes confrères se contentaient de rapporter des chiffres et des bilans, manquant ainsi la possibilité de faire partager aux lecteurs la réalité vécue par les gens dénombrés. Collées aux faits, les coupures de presse n'apportaient que très peu de précisions, d'éclaircissements sur la vie des Rwandais, sur leurs peurs et leurs douleurs.

Comme le dit le Nigérian Wole Soyinka dans *The Open Sores of a Continent*, « un mort est une tragédie, un million de morts une simple statistique ». Or chacun ici a perdu une personne au moins : un père, une fille, un frère, une grand-mère, une sœur, un ami ou tout cela à la fois.

J'ai donc décidé d'apporter à ma « couverture » une toute autre vision, d'adopter une approche à l'échelle humaine de chaque événement. À l'époque la guerre civile faisait rage dans le nord et le nord-ouest du pays : les rebelles rwandais, composés de miliciens extrémistes hutus Interahamwe et de soldats des ex-Forces Armées Rwandaises (FAR), qui avaient perpétré le génocide et comptaient poursuivre leur œuvre, avaient pris le contrôle d'une grande partie des campagnes et lançaient régulièrement des raids meurtriers contre des postes militaires parfois, mais surtout contre les villages, tuant, pillant et violant.

Évidemment le travail d'agencier consiste à donner une information brute et précise, les chiffres sont souvent un moyen facile de livrer une histoire. Mais j'ai eu la chance que mes chefs me suivent dans le désir que j'avais d'aller autant que possible sur le terrain pour rapporter le récit des victimes et des survivants, donner de la profondeur humaine aux événements, envoyer au paysan de la Beauce, à l'homme d'affaire de Tokyo, au commerçant de Mexico ou à la Mama Benz de Rufisque des sentiments qu'ils pouvaient comprendre parce que ces histoires étaient avant tout des confidences, le reflet de pensées d'hommes et de femmes qui avaient survécu.

Combien de fois ai-je emprunté la route sinueuse et déserte des volcans Virunga, traversant des paysages de matin du monde, la brume recouvrant les vallées surplombées de collines verdoyantes ? Combien de fois au bord de la route des voitures calcinées encore fumantes témoignaient de la présence des rebelles dans les parages, des tirs d'armes automatiques partant des hauteurs rappelant que cette route était la plus meurtrière du Rwanda, avec ses mines et ses embuscades ?

De ce travail et de cette ligne éditoriale que j'avais adoptée, j'en suis venu à écouter beaucoup les Rwandais sur leur présent et leur passé. Peu enclins à se livrer au premier venu, le peuple des Mille Collines vous attend au tournant, vous surveille et se fait une opinion durant vos premières semaines de présence sur leur terre. Ils n'en démordront jamais plus. J'ai eu la chance d'être bien conseillé et bien introduit auprès de gens à même de m'expliquer leur culture, leurs valeurs, leur mode de fonctionnement. J'étais avide de comprendre, non seulement le massacre en quelques semaines et à l'arme blanche de près d'un million de personnes, mais aussi la capacité de survie, la volonté de poursuivre une vie qui n'avait jusqu'alors apporté que misère. J'ai rencontré toujours plus de gens, suis entré dans les familles, ai écouté les paroles des anciens, la mémoire des jeunes déjà si lourde. De ces heures de discussions sont sorties les histoires suivantes.

Dans son livre magnifique *Dans le nu de la vie*, Jean Hatzfeld cite le jeune Cassius Nyonsaba, rescapé du génocide de Ntarama, disant : « Je crois que jamais les Blancs, ni même les Noirs des pays avoisinants, ne vont croire de fond en comble ce qui s'est passé chez nous. Ils accepteront des morceaux de vérité, ils négligeront le reste. Même entre nous, on s'étonne d'entendre les tueries comme elles sont racontées par des copains là où on n'était pas, parce que la vérité vraie sur les tueries de Tutsis, elle nous dépasse tous pareillement. »

Je ne prétends pas à l'authenticité, je ne prétends pas pouvoir rendre à la perfection des sensations uniques que je n'ai jamais vécues que par l'imagination. J'ai simplement voulu à travers ces quelques histoires témoigner différemment d'une réalité en la rendant accessible à tout un chacun. Il ne s'agit pas non plus d'un travail de vulgarisation, mais plutôt de partage jouant ainsi, comme pour tout journaliste qui se respecte, le rôle d'intermédiaire entre un drame et la communauté des hommes. Certains diront que ces histoires sont trop noires, qu'elles sont complaisantes avec le côté le plus ténébreux de nos âmes. Qu'ils sachent que le fait que des gens aient pu raconter est un signe d'espoir, parce qu'ils vivent encore et tentent, pour la plupart sincèrement, de construire un monde meilleur. Pour cela on ne peut nier le mal qui sommeille en chacun de nous, on doit au contraire l'affronter et le dompter, afin qu'il ne prenne jamais le dessus.

Enfin, je souhaiterai modestement dédier ce livre à tous mes amis rwandais qui, d'une manière ou d'une autre, sont des survivants : Muselem, Shamillah, Jean-Claude, Perpétue, Béatrice, Jean-Pierre, Espérance, Wenceslas, Jean-Marie, François, Laëtitia, Bijoux, Alice, Valentine, Nicole, Thomas. Pour vous mes amis et pour les autres, pour que vous surviviez toujours et pas seulement dans mon cœur.

Emmanuel Goujon, Kigali.

Dans la même collection

Le Lieutenant de Kouta, de Massa Makan Diabaté (roman)

Le Coiffeur de Kouta, de Massa Makan Diabaté (roman)

Le Boucher de Kouta, de Massa Makan Diabaté (roman)

Au bout du silence, de Laurent Owondo (roman)

Histoire pour toi, de Arlette Rosa-Lameyradie (roman)

L'Espagnole, de Nicole Cage-Florentiny (roman)

Nègre blanc, de Didier Destremau (roman)

Ecce Ego, de Pierre Mumbere Mujomba (roman)

La Mort et l'Écuyer du roi, de Wole Soyinka (théâtre)

Anacaona, de Jean Métellus (théâtre)

La Parenthèse de sang, de Sony Labou Tansi (théâtre)

La Tortue qui chante, de Sénouvo Agbota Zinsou (théâtre)

La Clé des songes, de Béatrice Tell (conte)

Anthologie africaine d'expression française, de Jacques Chevrier (volume I : le roman et la nouvelle)

Anthologie africaine d'expression française, de Jacques Chevrier (volume II : la poésie)

Imprimé en France sur les presses de MAME Imprimeurs
Dépôt légal : 27018 - Sept. 2002. N° d'imp. : 02082165